烏龍院前傳 肆

敖幼祥

大師兄

原先為烏龍院唯一收養的徒弟，在小師弟被收養後，升格為大師兄。平日負責院內的清掃整潔工作，長期勞動訓練出一身蠻力，異常耐打。雖然常常惹事生非，但是很講義氣，疼愛師弟。

小師弟

長相可愛、古靈精怪的小師弟，曾是神祕組織追殺的對象之一，因墜落山崖才意外逃過一劫。身上戴有天首王之後代才能擁有的火麒麟雪玉環，後被烏龍院的師父帶回領養。因為在「七層塔」誤食了「達摩羅漢丹」，而擁有了神奇的內力。

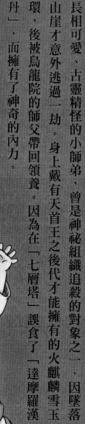

大師父

烏龍院大師父，武功高強、面惡心善。在少林寺中輩份最高，人稱大師伯，法號空海，身擁絕學。

二師父

菩薩臉孔的烏龍院大頭胖師父，不顧大師父反對硬是將小師弟領養回烏龍院。在少林寺人稱三師叔，法號空圓。

空明和尚

少林寺住持，和烏龍院的兩位師父不對盤，老愛找烏龍院的麻煩。

星眠禪師

少林寺老掌門人星眠禪師，看似迷糊其實胸中自有定奪標準。很喜歡小師弟。

無花

少林寺住持空明和尚的頭號弟子，武功高強但妖裡妖氣，頭上還戴著花。

胖妞

跟著奶奶劉寡婦住在山腳下。原本很討厭有時會來偷雞的烏龍院師兄弟，但卻不知不覺喜歡上小師弟，最後還演變成師兄弟三角戀？

空福和尚

星覺禪師的直系弟子，看似瘋癲，整日帶個酒葫蘆搖來晃去裝瘋賣傻，其實武功高強。看起來一直欺侮烏龍院兩徒弟，其實是借機訓練他們兩人。

星覺禪師

星眼禪師的師弟，與直系弟子空明一起擔負守護藏經閣的工作。慈眉善目、沉默寡言但洞悉世間事務。奉星眼禪師的命令帶烏龍院兩個徒弟回藏經閣教導。

衛塔神鶴

負責守衛藏經閣經書的高大紅頂鶴，動作靈巧優雅的武林高手。

護閣靈猿

負責守護藏經閣經書的金黃色猿猴，身懷絕世武功，但個性調皮愛捉弄人。

前情提要：師兄弟連闖木人、銅人兩關，卻中了無花的埋伏……

師父！
那不是無花嗎？
師父，救救我！
哇！
他怎麼進去的？
那不是空明的徒弟嗎？
他要去哪裡？

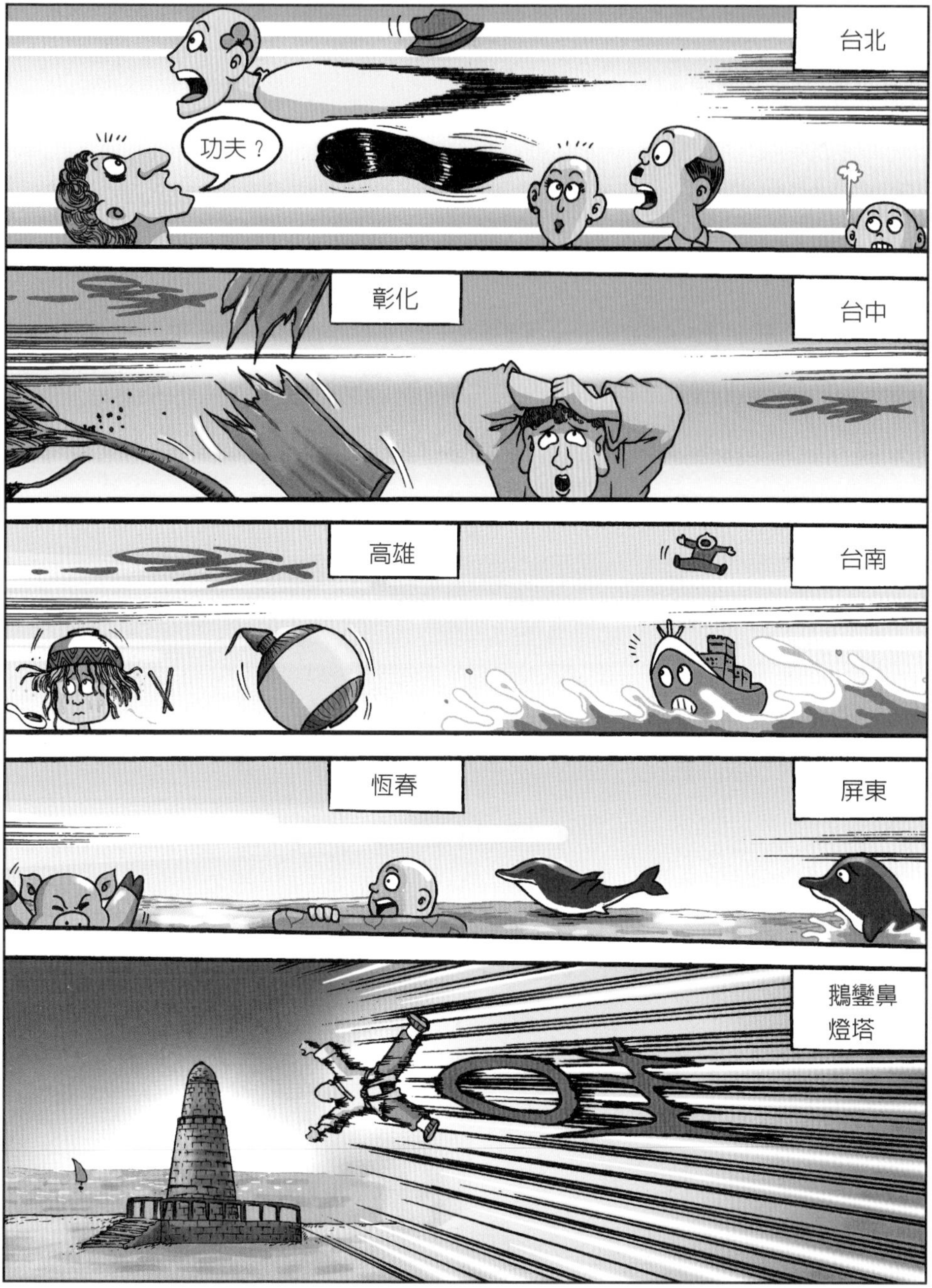
台北
功夫？
台中
彰化
台南
高雄
屏東
恆春
鵝鑾鼻
燈塔

奇怪？燈塔怎麼不亮了？
哎呀！燈塔早被人家撞倒啦！
誰？
無花！
無花？
莫名其妙！
不信的話，你去看《烏龍院前傳》。

真慘！
不行！我得進去找他們！
慢著，你看！

師……
師父！

他們竟然……
還活着！
喂！拜託你別哭了好不好！
師弟，你出來啦！
我早就知道你們會過關的！

我……
我……
師弟！
啊！

師弟，你不能倒啊！
他昏倒了，快去扶他！

呼！
胖妞來了！
我也不行啦！

好暈啊！
師弟！
砰
徒兒！
好痛喔！

唔？
好了，總算沒事了！
這是哪兒？
小師弟！
徒兒，你們過關啦！
哈哈！小師弟，好棒喔！

呀呼！
那兩個小鬼，居然能連闖木人、銅人兩關，而且還把這地方弄成這副德性，太不可思議了！
木人巷

考驗完畢，靜候掌門示諭！
掌門請！
現在，老衲宣布，兩小兒勇闖木人巷、銅人陣……
精神可嘉，特准收入門下習藝！

啊！師父竟然答應了！
哼！不行！
啓稟師父，此二人孺子可教，
空明願盡綿薄之力，傾己所學，成全他們！
若讓這兩個小鬼進門，那還得了？

空明，
你……
啟稟師父，
使不得！
此事萬萬
為何使不得？
我這可是一番
好意啊！
好意？
算了吧！

哼！真是狗
咬呂洞賓！
狗在
哪兒！
有狗？
不！
我不能
生氣！

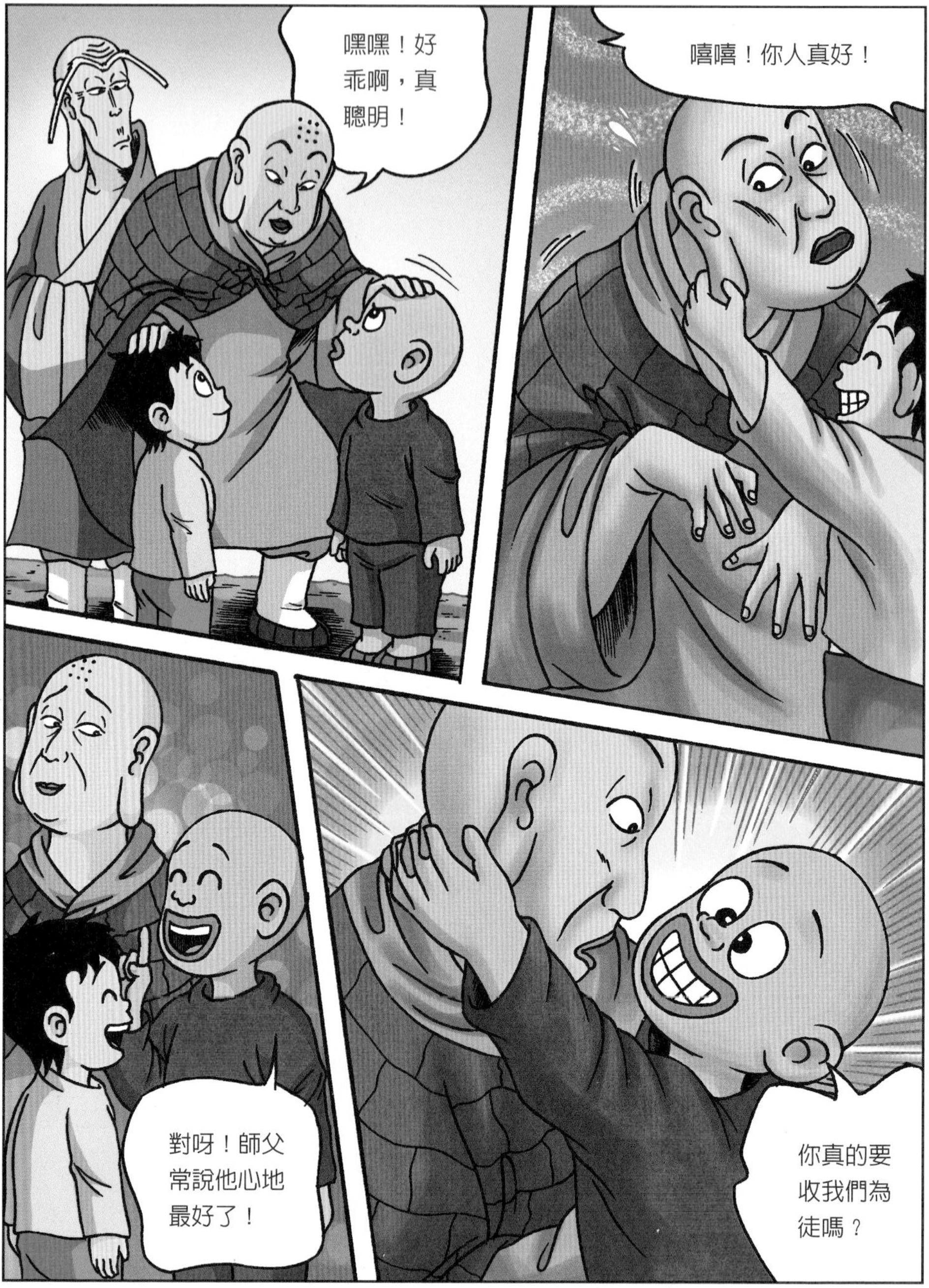
嘿嘿！好乖啊，真聰明！
嘻嘻！你人真好！
對呀！師父常說他心地最好了！
你真的要收我們為徒嗎？

師父！
加油
你不要我啦？
現在不是你說話的時候。
我不管！你們滾開啦！

哎呀！你們別走啊！
好啦！
空明，別假惺惺了！
嘖！演技還真好！
本座願收他們為徒，那可是他們天大的造化！
算啦！我可不想把他們送入虎口！
你想怎麼樣？

好啦！
老衲自有主張！
不要再吵了！

師弟，你可以出來了！
學無止境
咳！

啊！是星
覺師叔！
參見師叔！
唔！
學無止境
參見師叔公！

唔？
哈哈！免禮，免禮！
學無止境
空福！
學無止境
喲！是師伯您啊！
什麼風把您給吹來的？
空福！

師兄，空福無禮，請多見諒！
出家人如此瘋癲度日，修道正果，何日可期？空福這孩子，也真難為你了！
根性天生，自在由人，芙蓉紅妝酒囊飯袋，皆是皮肉之軀，由他去吧！
學無止
阿彌陀佛！
鹹菜滷豬肉！

嘿！好詞，你說是不是？師父……
境
好了！沒大沒小，成何體統？
現在老衲宣布，
空海、空圓有戒律在身，兩位小徒兒暫時交由星覺禪師帶回藏經閣授業管教！
學無止境

哼！
哈哈！多年不見，星覺禪師仍老當益壯，兩位徒兒有福了！
師兄，你看那老頭，長得真像鐘樓怪人，好醜喲！
嘻嘻！
叩
還不快去拜見師叔公，在這兒嘀咕什麼？

不急，不急，
來日方長！
空明，你不
服氣嗎？
徒兒不敢！
不敢就好！兩小
兒到我跟前來！
學無止境
他說哪門子
話？不會是
叫我們吧？
就是在叫你們！
還不快去？

哼！糟老頭！醜八怪！講話和小鳥一樣！
嗚……好痛！
嘻嘻嘻！芙蓉紅妝，皆是帶肉骷髏，漂亮何用？
學無止境
哇呀！好厲害，離那麼遠，講那麼小聲，他都聽得見！
來來來！讓老納好好瞧瞧！

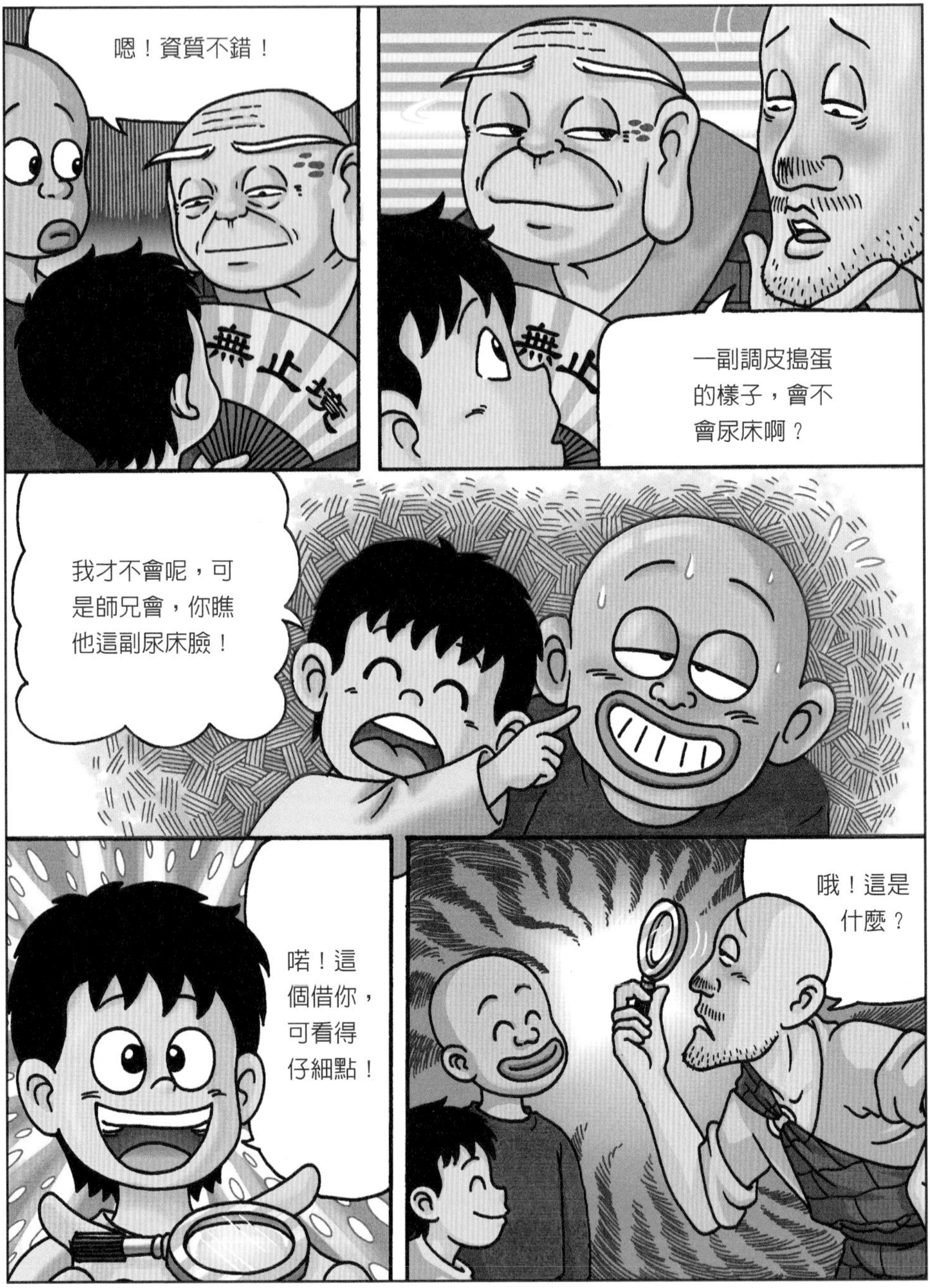

嗯！資質不錯！
無止境
一副調皮搗蛋的樣子，會不會尿床啊？
我才不會呢，可是師兄會，你瞧他這副尿床臉！
喏！這個借你，可看得仔細點！
哦！這是什麼？

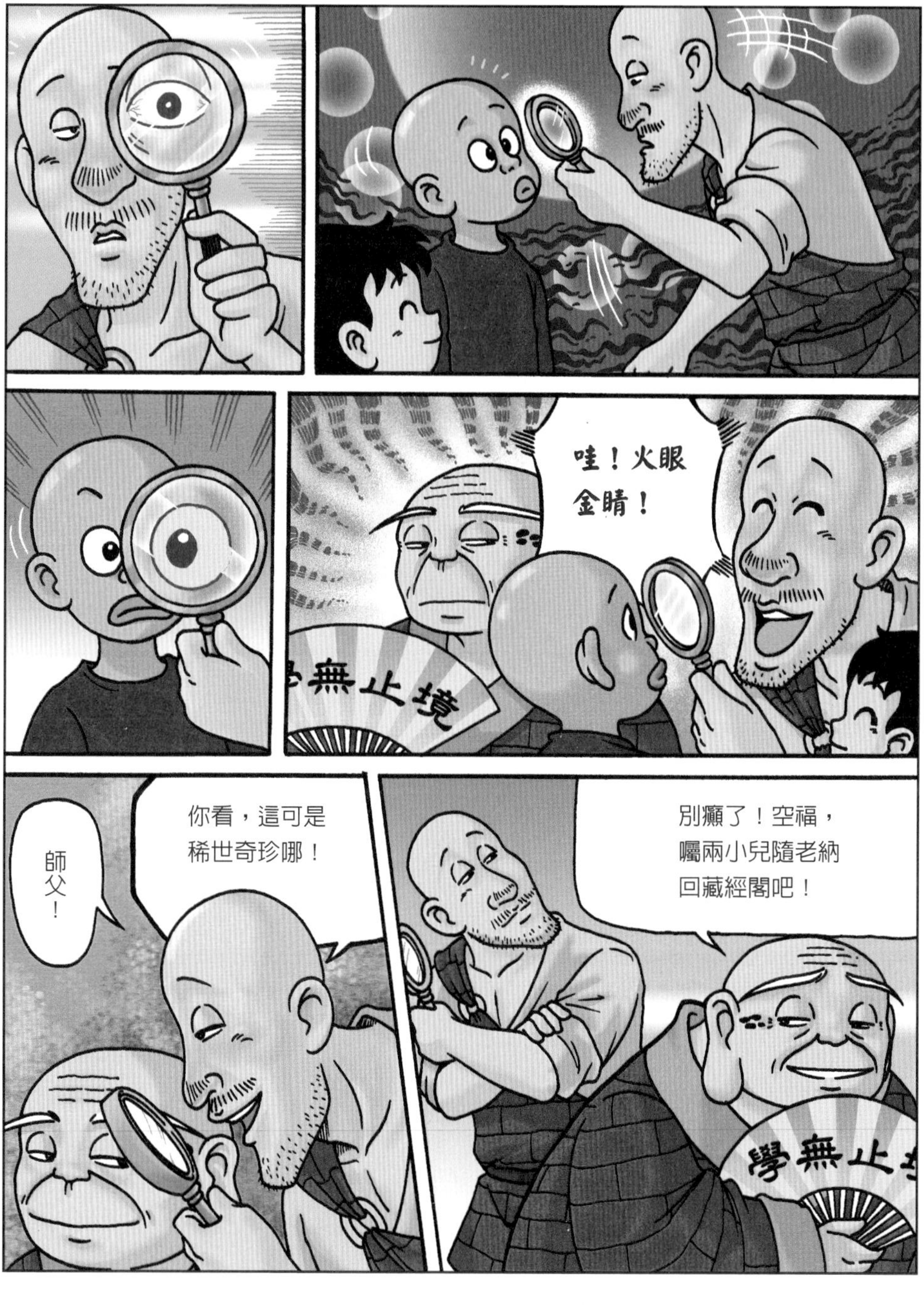
哇！火眼
金睛！
學無止境
你看，這可是
稀世奇珍哪！
師父！
別瘋了！空福，
囑兩小兒隨老納
回藏經閣吧！
學無止境

走囉！你
們兩個。
此事已定，諸位各自散去吧！
學無止境
是！掌門！
哼！平白讓他們
撿了個便宜，氣
死我了！
此物甚奇，
先帶回去，
再好好
研究吧！

……
學無止境
藏經閣
藏經閣

藏經閣
兩位師兄請留步！
此去已是藏經閣地界，
兩位有戒律在身
就送到此為止吧！
徒兒……

師父不在身邊，兩位徒兒，此番前去……
一切得聽師叔公的話，好好照顧自己。
晚上睡覺時，記得蓋好被子，免得著涼。
吃飯時，別吃太快，小心噎著，尤其是你！

天涼時，別
老是吃冰。
天熱時，記得要
多穿些衣服！
？
還有，
看到車子要蹲下，
看到蚊子要叫媽！
蚊子！
媽！

剛才你空福師叔是在開玩笑，別當真啊！
莫名其妙！
人家還沒出嫁呢，竟然叫我媽！
快去吧！日常用品我會幫你們送去的！
好啦！
空圓，走吧！

二位師父，再見！請多保重！

藏經閣
藏經閣
藏經閣

慢著！
這個門是你們走的嗎？
嗯？
那邊！

看見了嗎？你們
爬梯子進去！
藏經閣
哇！好
高喔！

有門為何不讓
我們走？偏要
我們爬牆？
嘻嘻嘻！愛爬不爬，
那是你們的事，反正
不爬就無法進去！
……
爬就爬嘛！
有什麼了不起？
反正這是我們最
拿手的！

呼！呼！呼！
呼！
師兄，快點！
哇！

哇！這地方比烏龍院還大啊！

看起來好像
挺不錯的！
以後我們就
住這兒嗎？
當然囉！
步步高升
嘛！

不知道這裡有
沒有玩具？
嘻嘻！最好還
能養小動物！
你們下
來吧！
哎呀，只顧講話，
都忘了下去了！
好，下……
哇！

哇！這麼高，又沒梯子，師叔，我們怎麼下去啊？
嗯？怎麼下來？
跳啊！
跳？
開玩笑？這麼高，怎麼跳？
跳下去會死翹翹呀！

入藏經閣豈是那麼容易？從今兒起，你們兩個天一亮雞啼就給我起床……
整理經書、做早課，做完早課吃早餐，用完早餐洗碗、洗廁所。
然後挑水、劈柴、燒飯、洗衣服、掃地、擦地板……
想辦法啊！

洗完廁所，洗天花板、洗……
@＃＆＄％＆！
哇！師兄，照他所說，我們該做的事有五六十項呀！
嘿！慢點，慢點，師叔……
你找我們來，難道是專來打雜的，不是要教我們功夫？
嘿！師叔正有此意。來日方長，你們急什麼？

哇！這簡直是虐待兒童嘛！
哼！規矩那麼多！我要回去跟師父講！
嘿！
你們兩個到底要不要跳下來啊？我可要走囉！
開玩笑！我們才不想摔死呢……
有什麼了不起？師兄，我們走吧！
哼！

啊
唉呀！
呼！
好險！

奇怪？
梯子怎麼會不見啦？是誰拿走了？
哈哈哈哈！
藏經閣豈是你們說來就來，說走就走的地方！
哎哎！師叔，你別走呀！
哇！完了，師兄，這下可怎麼辦？

嗚！這裡比烏龍院還苦，沒有胖妞來看我，也沒有雞湯可以喝！
既不能回去，也沒法子下去，怎麼辦？
師兄，我們不能回去！
不行！好不容易闖過木人、銅人二關，如果就這樣回去……
師父一定會傷心的。

可是我們怎麼
才能下去呢？
嗚……
這麼高，跳下去
肯定會沒命的！
學無止境
學無止境

師弟，我看這樣待下去，也不是辦法，
不如我先跳下去，然後你跳到我身上。
這樣你就不會受傷了！
可是……

師兄！
……
師兄，我
要跳囉，
別動喔！

咦？
嗚嗚…
我怎麼會在這兒？

誰把你推
下來的？
我要找他
算帳！
啊！師弟！
唔！剛才……
好像……
我應該……
嘻嘻！哈哈！

救命呀！
哇！

……
哎喲！
哎喲！

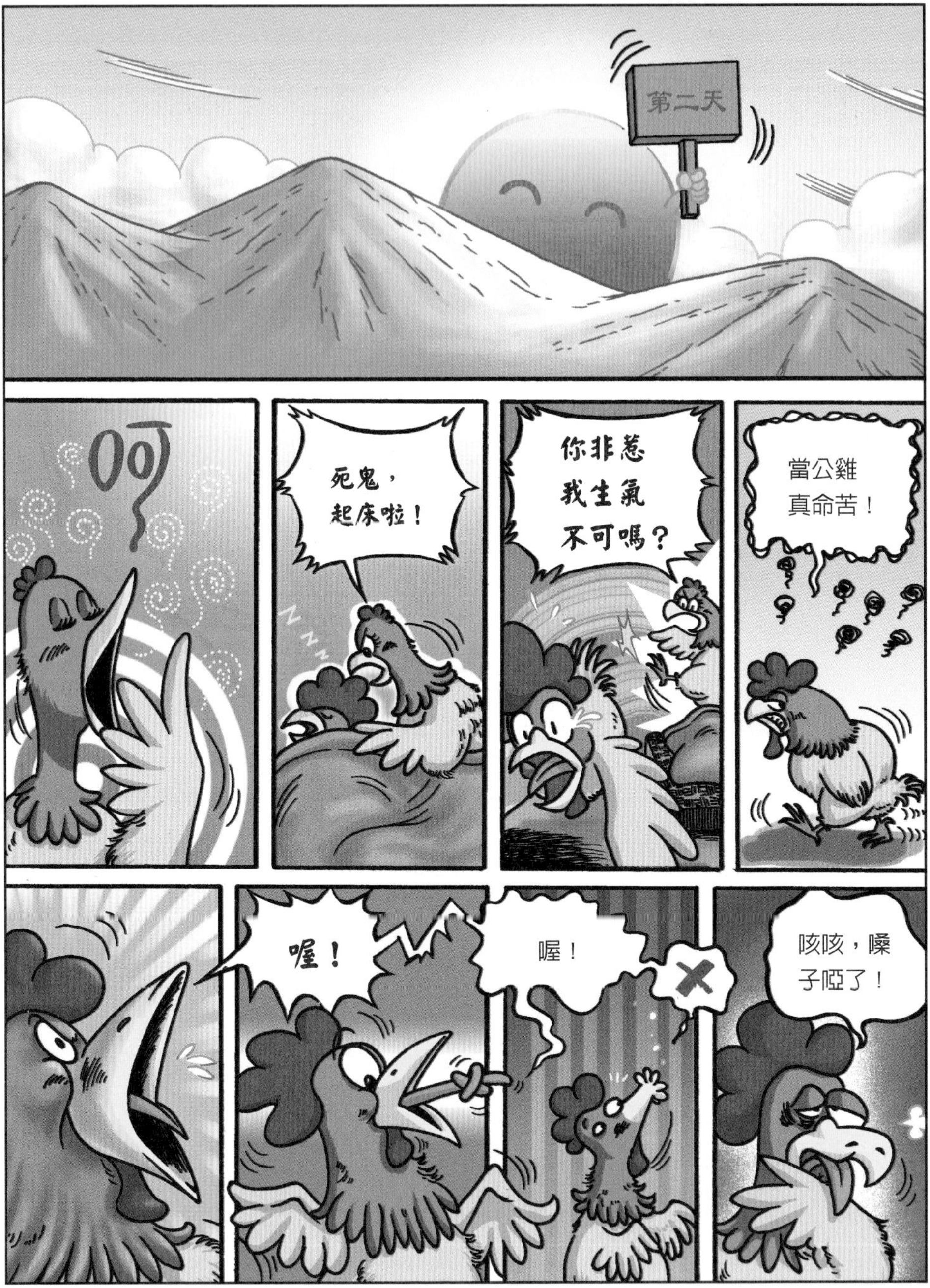
第二天
呵
死鬼，
起床啦！
你非惹
我生氣
不可嗎？
當公雞
真命苦！
喔！
喔！
咳咳，嗓
子啞了！

ZZZ
Z

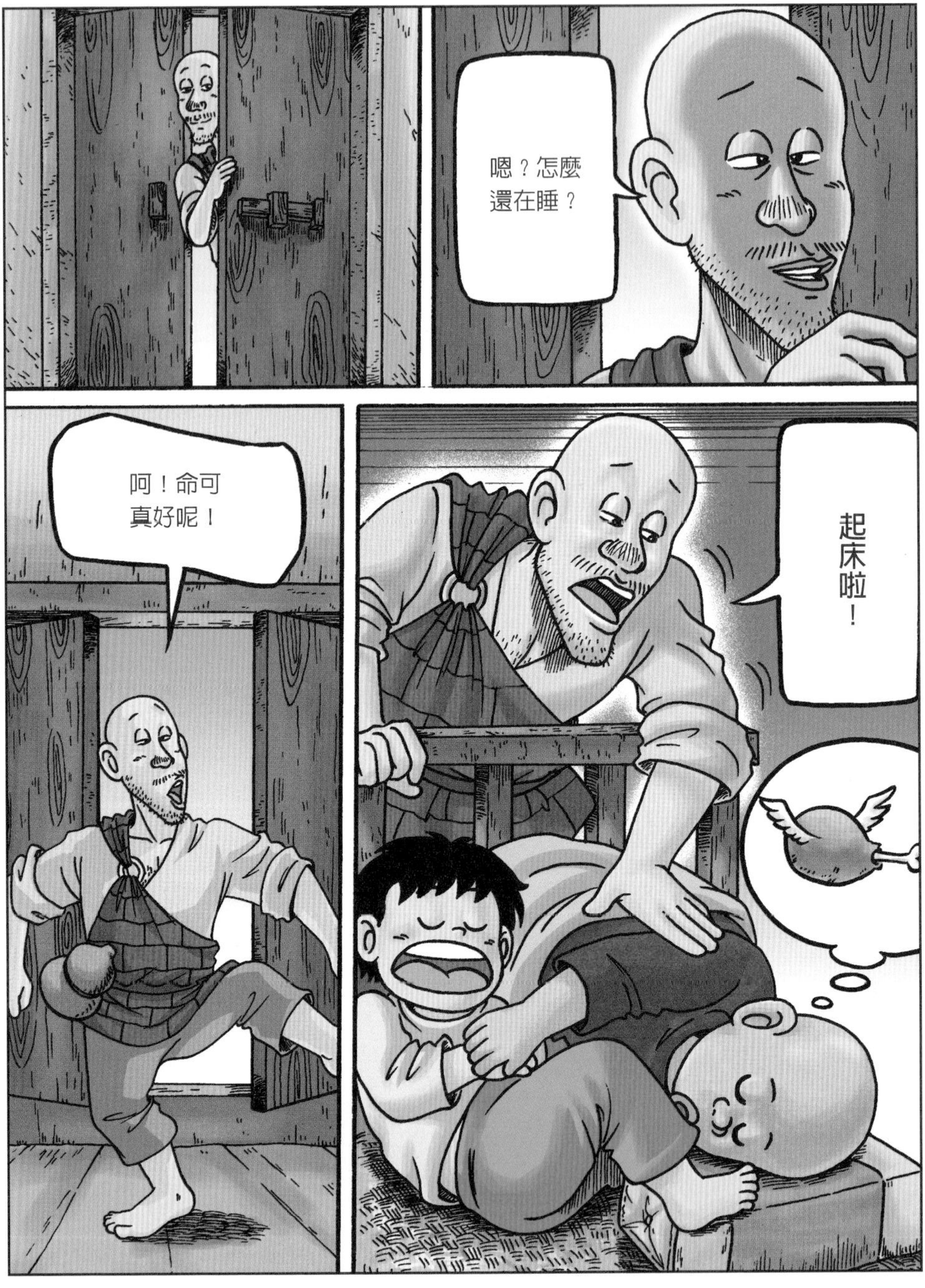
嗯？怎麼
還在睡？
呵！命可
真好呢！
起床啦！

唔，
沒動靜？
唉！叫小孩起床真麻煩！
只好……
哇！

叫那麼大聲
幹什麼？
是做噩夢
還是……
尿床啦？
唉！小孩子就
是小孩子！
是你！
我沒有啦！

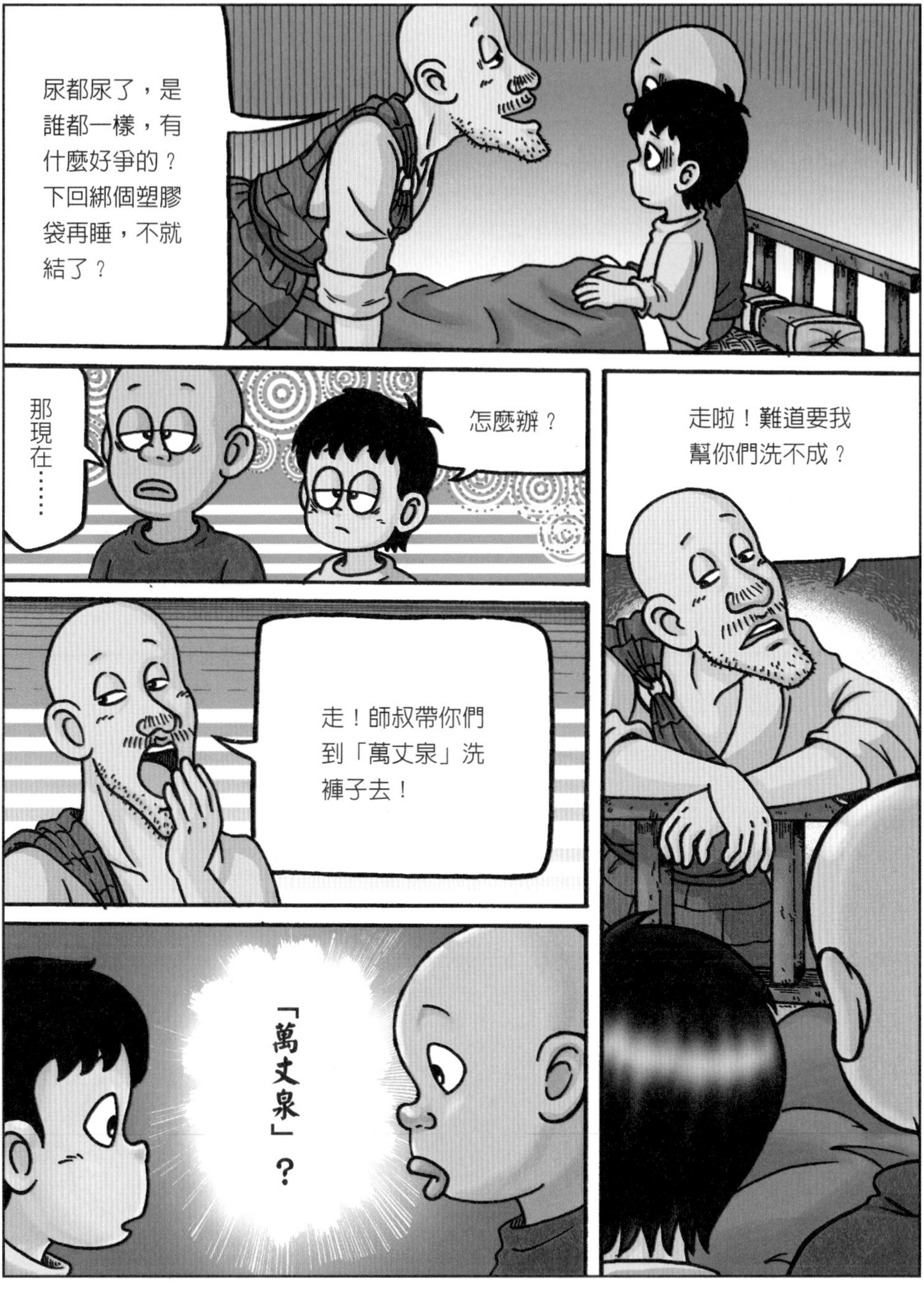
尿都尿了，是誰都一樣，有什麼好爭的？下回綁個塑膠袋再睡，不就結了？
那現在……
怎麼辦？
走啦！難道要我幫你們洗不成？
走！師叔帶你們到「萬丈泉」洗褲子去！
「萬丈泉」？

我的褲子還沒乾哪！
空福師叔，您別走得這麼快嘛！
好像喝醉酒一樣！
你走路怎麼顛來顛去的，
到啦！這就是「萬丈泉」！

你們一大早就要
來這兒打水！

洗完了臉就
開始洗地…
洗完了地就
可以澆花…
澆完了花再順便
把廁所洗一洗，
就沒事啦！
好好幹吧！打水可
是很有趣的喔！

唉！一大早就要
做這麼多事情！
別洩氣，
打幾桶水
算什麼？
看我的！
轉轉
轉轉
轉轉

這……這就是
「萬丈泉」？！
轉
轉

別說啦！咱們快幹活吧！
就是嘛！起碼還有自來水！
我突然好懷念烏龍院喲！

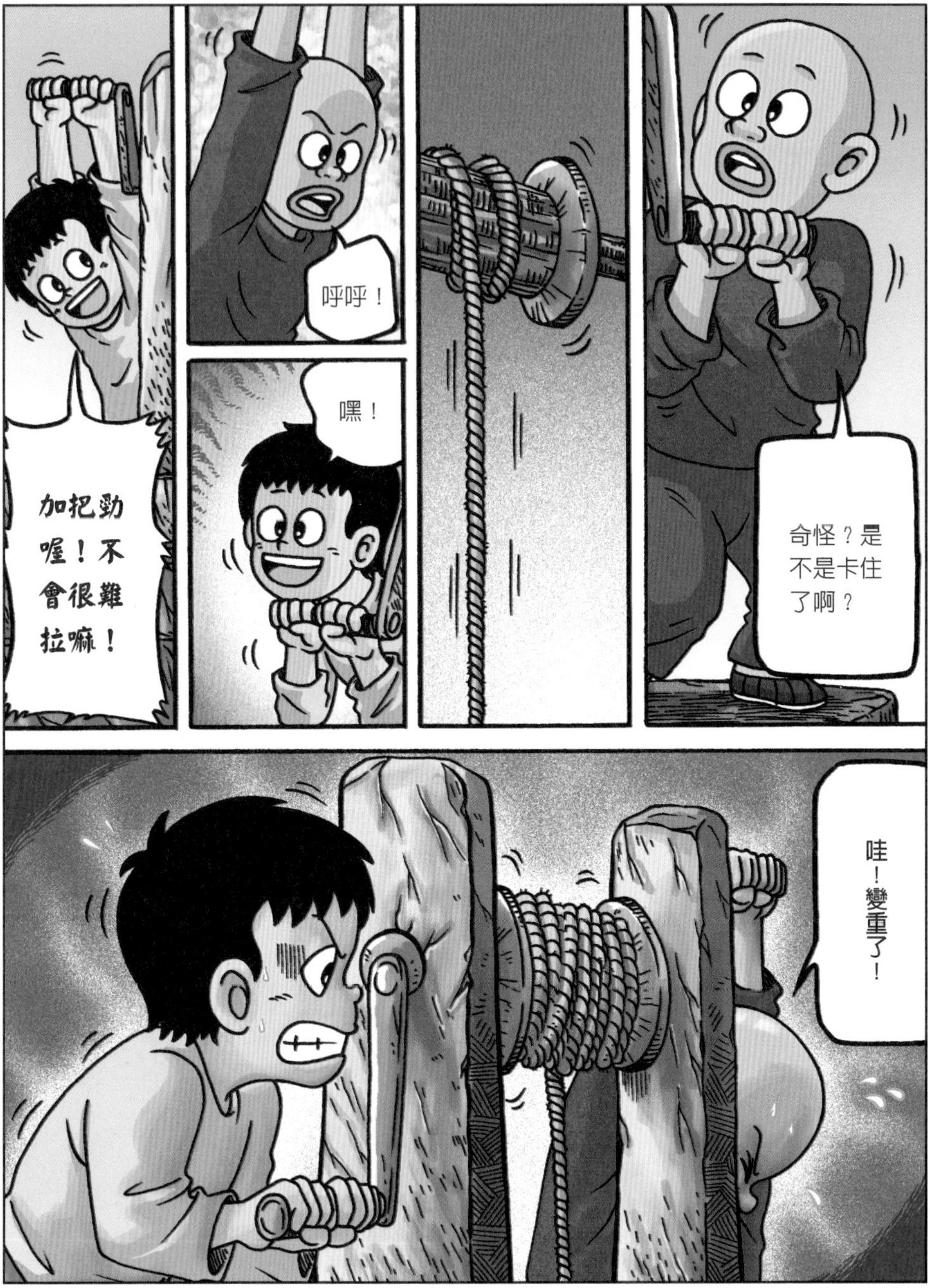
加把勁喔！不會很難拉嘛！
呼呼！
嘿！
奇怪？是不是卡住了啊？
哇！變重了！

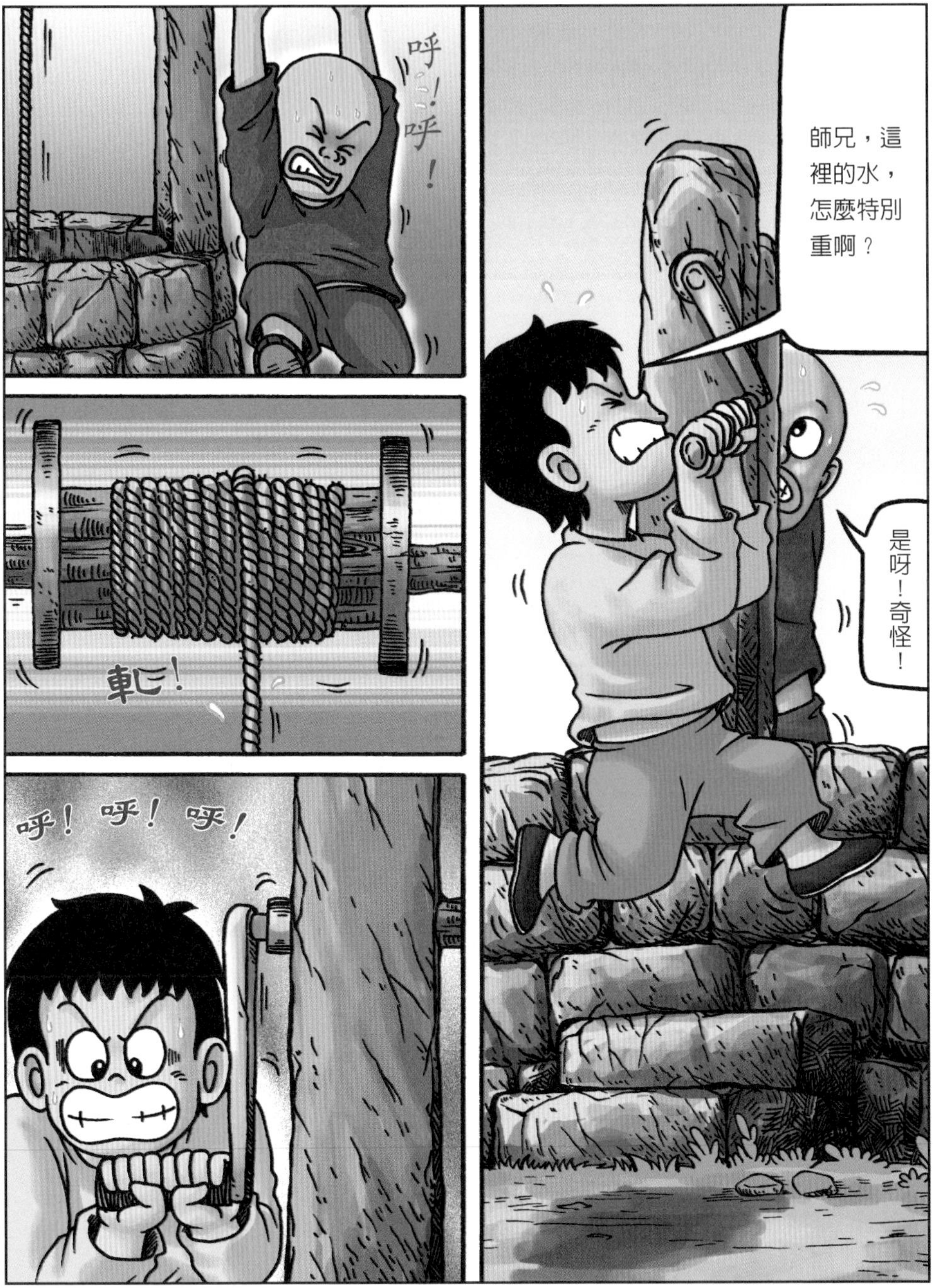

呼！呼！
軋！
呼！呼！呼！
師兄，這裡的水，怎麼特別重啊？
是呀！奇怪！

呀！
呼
軋！
我不行啦，沒力氣了！
用力點，就快拉上來了！

哈
哈
哈
哇
師兄！這
水井裡面
有鬼！

哇！救命呀！
咦？
唔！不對呀！大白天的怎麼會有鬼？
好難聽的笑聲……
喂！你是誰？

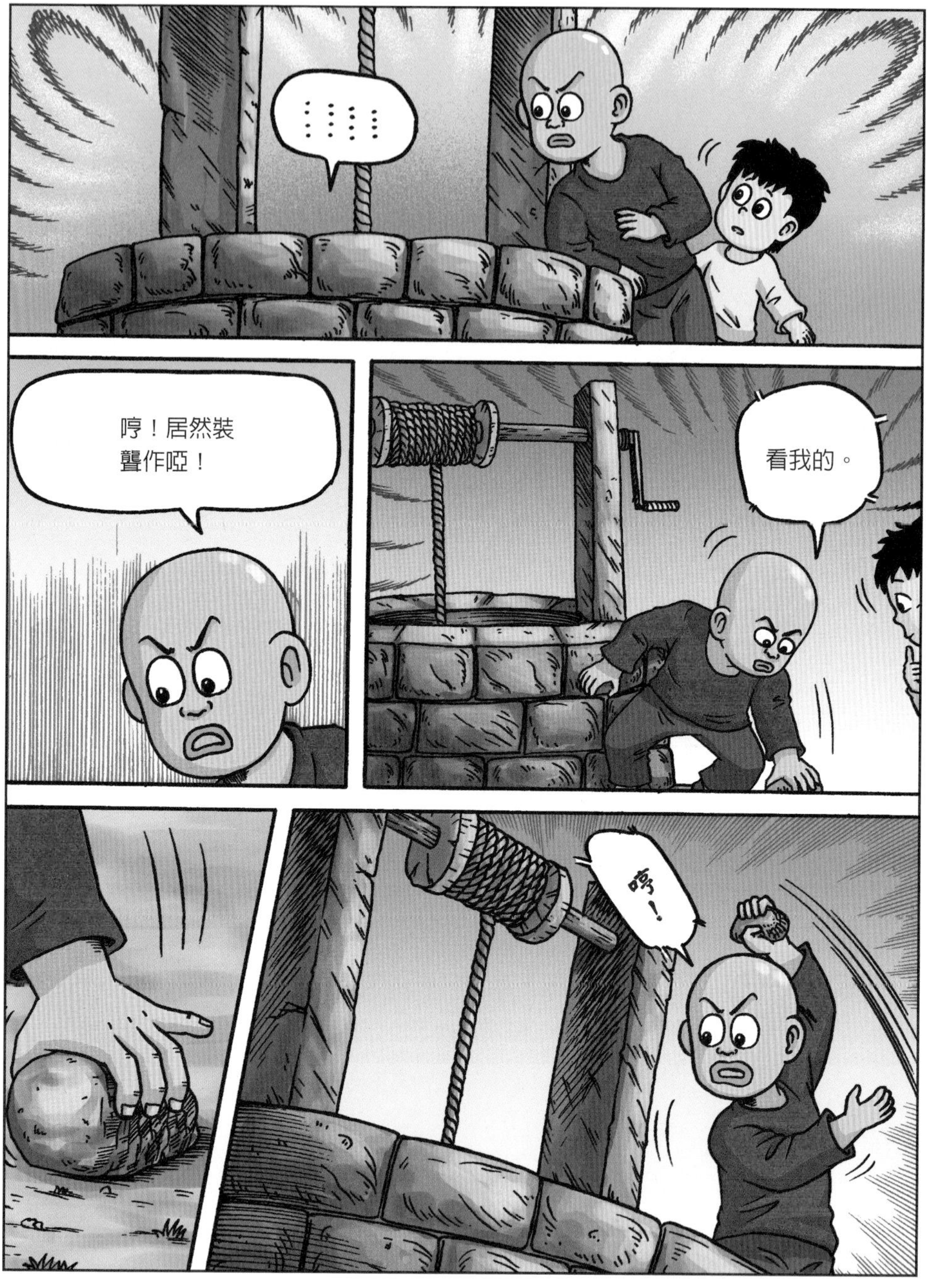
……
哼！居然裝
聾作啞！
看我的。
哼！

我丟～！
……
怎麼沒動靜？

奇怪！
啊！
啪
師兄……
啊！

嗚！
奇怪！石頭是怎麼飛上來的？我就不信邪。
看我怎麼對付你！
好重！呼！呼！

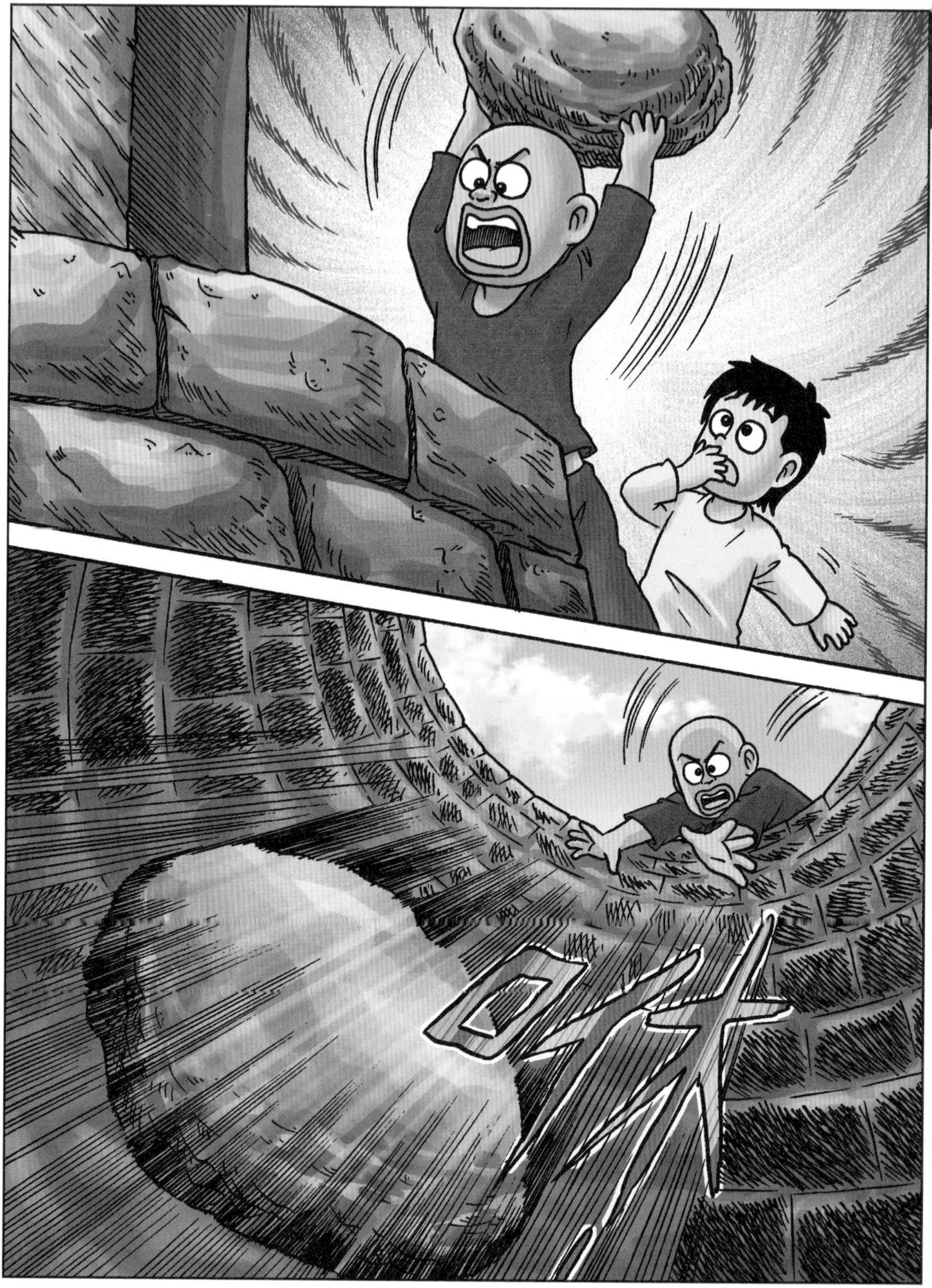
咻

師弟！快
躲起來！
怎麼還沒
有動靜？
唔！
八成是被我給砸扁了！

嗡
嗡
嗡
咦？你看到什麼？
石……石頭。
這？
這不可能吧？

啊
呼!

嗡
嗡
嗡
嗡
咚
咚
咚
嗡
嗡
嗡
啊！
救命啊？

救命呀！

呼
呼
呼
咻
哇！

啪
唔！
咚！
咚
咚
咚

師兄！
哎喲……痛死我了……
可惡！到底是什麼人？
是男子漢的話，就別躲躲藏藏！
有種的就給我出來！

你是烏龜嗎？
縮頭縮尾的！
……
咻

啪
咻
咚

唔！到底是怎麼一回事？
師兄，你看！

哇！是隻猴子，
好好玩哦！我們
來抓牠！
哈哈！
吱吱！

唔！
師弟，這隻猴子好像很凶！
等一下我在牠面前逗牠，你就繞到牠後面抓牠的尾巴！
吱
吱
小心點！走吧！

吱吱！
師弟，你去！
準備好了嗎？
好啦！開始了！

傻猴子，笨猴子，
來呀！來抓我呀！
啦啦啦！紅屁
股，傻瓜蛋！
……
咦？怎麼不動啦？
該不會是睡著了吧？

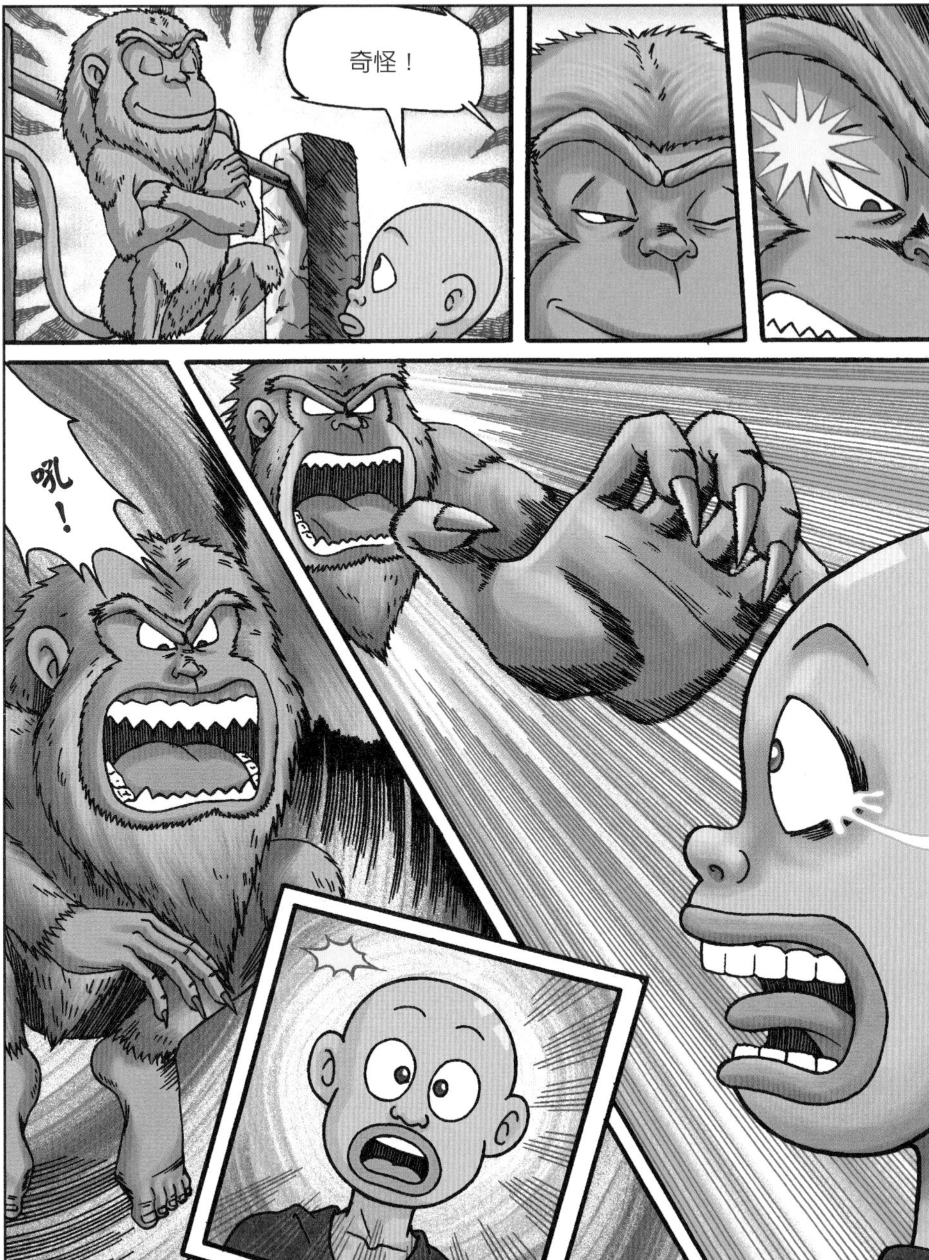
奇怪！
吼！

師兄！小心！
咚咚！
唔！
可惡！

吱吱吱！

啊
吱！
咻
啪

哇！救命！
吱吱！

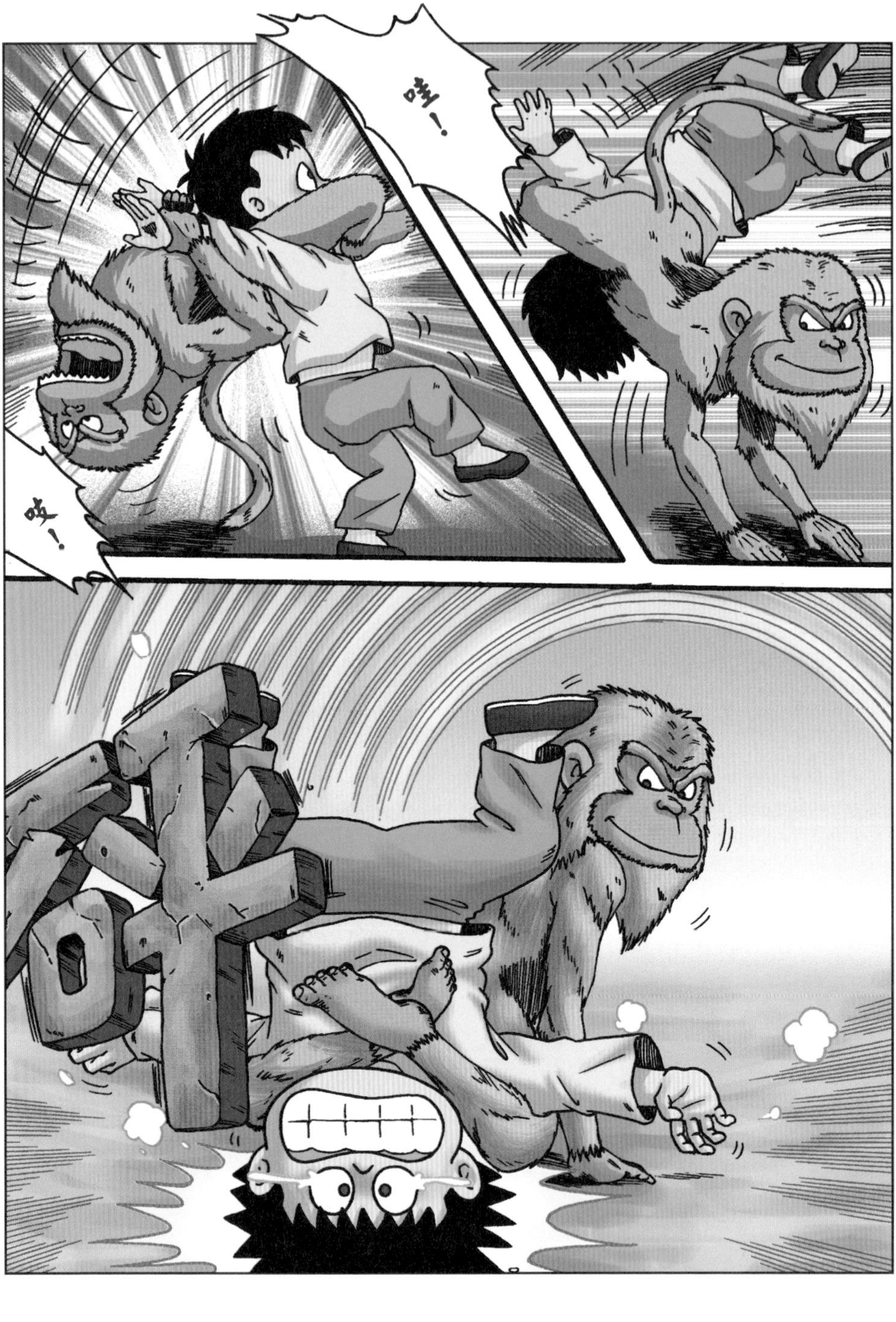
哇！
吱！
吱

吱吱吱！
師弟！
師弟！

師弟！你怎麼樣了？你沒事吧？
嗚！
咦？那死猴子呢？
在那兒！

吱
吱
吱

師兄，牠笑我們，根本不把我們當回事嘛！

你看看，牠居然樂成那個樣子！
哼！這叫做山中無老虎，猴子稱霸王！
沒水準！
不露幾手給牠瞧瞧，
還以為我們好欺負呢！
你有種別跑！

話說太多，
不上不行啦！

哇
咚

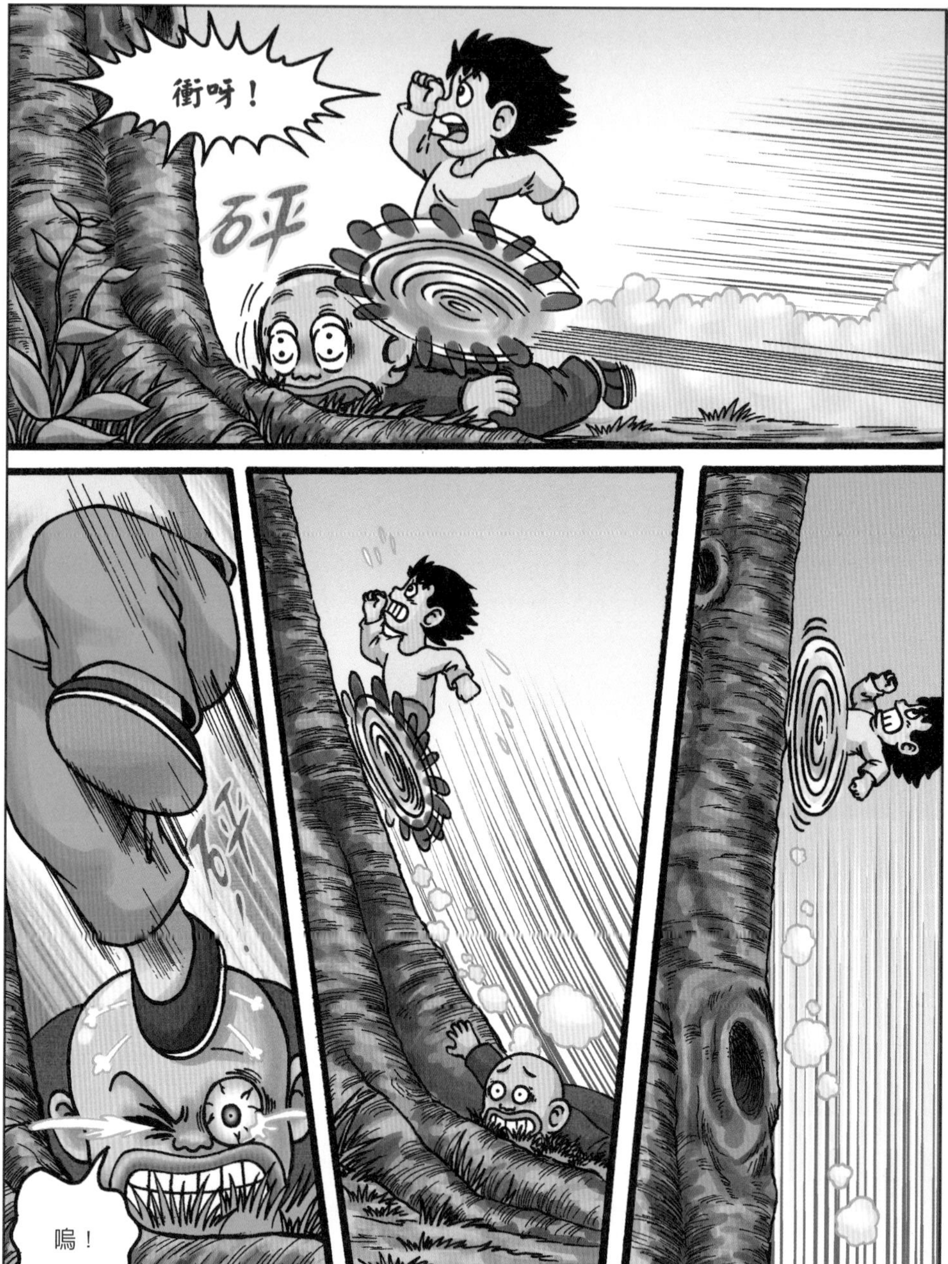
衝呀！
砰
砰！
嗚！

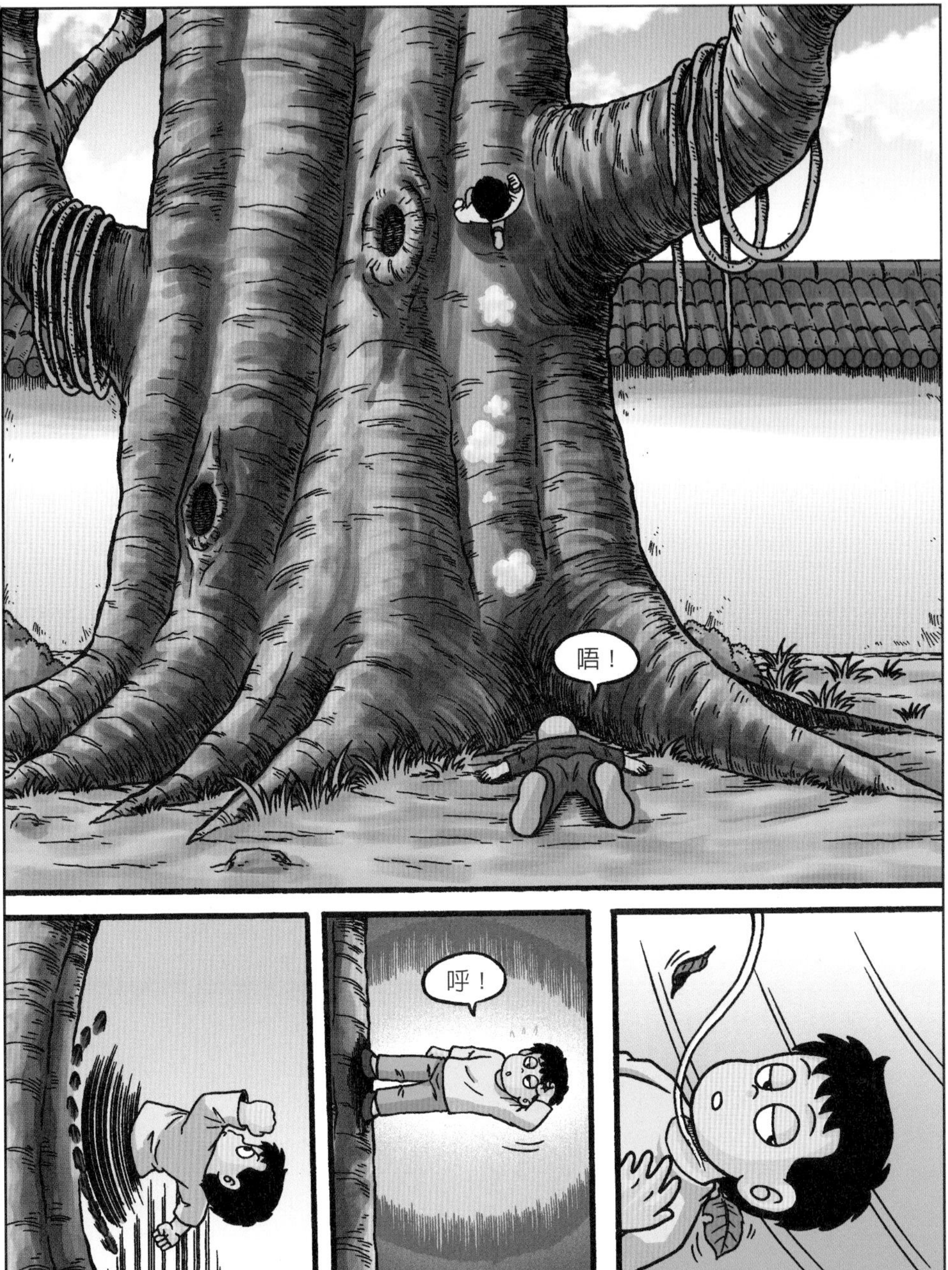
唔！
呼！

哇！
救命呀！
哎喲！
笨蛋師弟，眼睛不會睜大一點，居然從我頭上踩過去！
咦？人呢？師弟，你在哪兒？

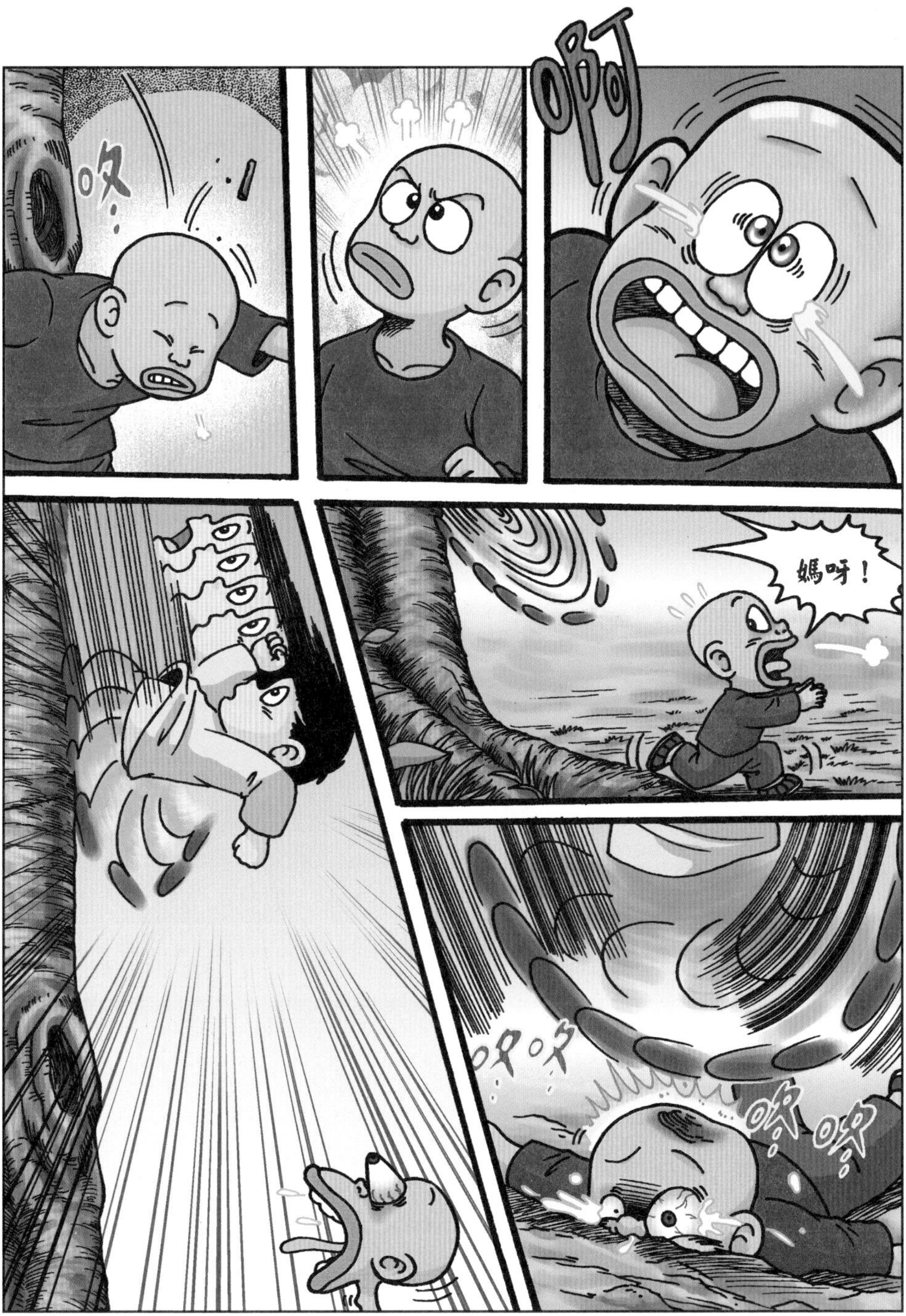
咚
叮
媽呀！

咚！
咚
唔！

哎喲，
好痛喔！
師弟，你怎麼老是踩我的頭！

你還說，我以為你已經爬上去了呢！
所以我也跟著往上衝，誰知道你居然趴在下面？
什麼我趴在下面，我是……
好了！別說了！要不是那隻猴子……
咦？那隻猴子呢？

你看！還在那裡做鬼臉！
師弟，我看你不要上去。爬樹我比較內行，我上去抓猴子！
臭猴子，等著本少爺上去啦！
呀！

速度好快，真像隻猴子！
哈！上來了！
咦？猴子呢？

唔！可惡！
呀！

啪

唔！
奇怪！這猴子會功夫？
我偏不信邪！

師兄危險！

吱！

吱！
吱！
師弟，快跑，牠生氣啦！
啊！糟了！

吱吱吱！
颯！

師弟，跑快一點！

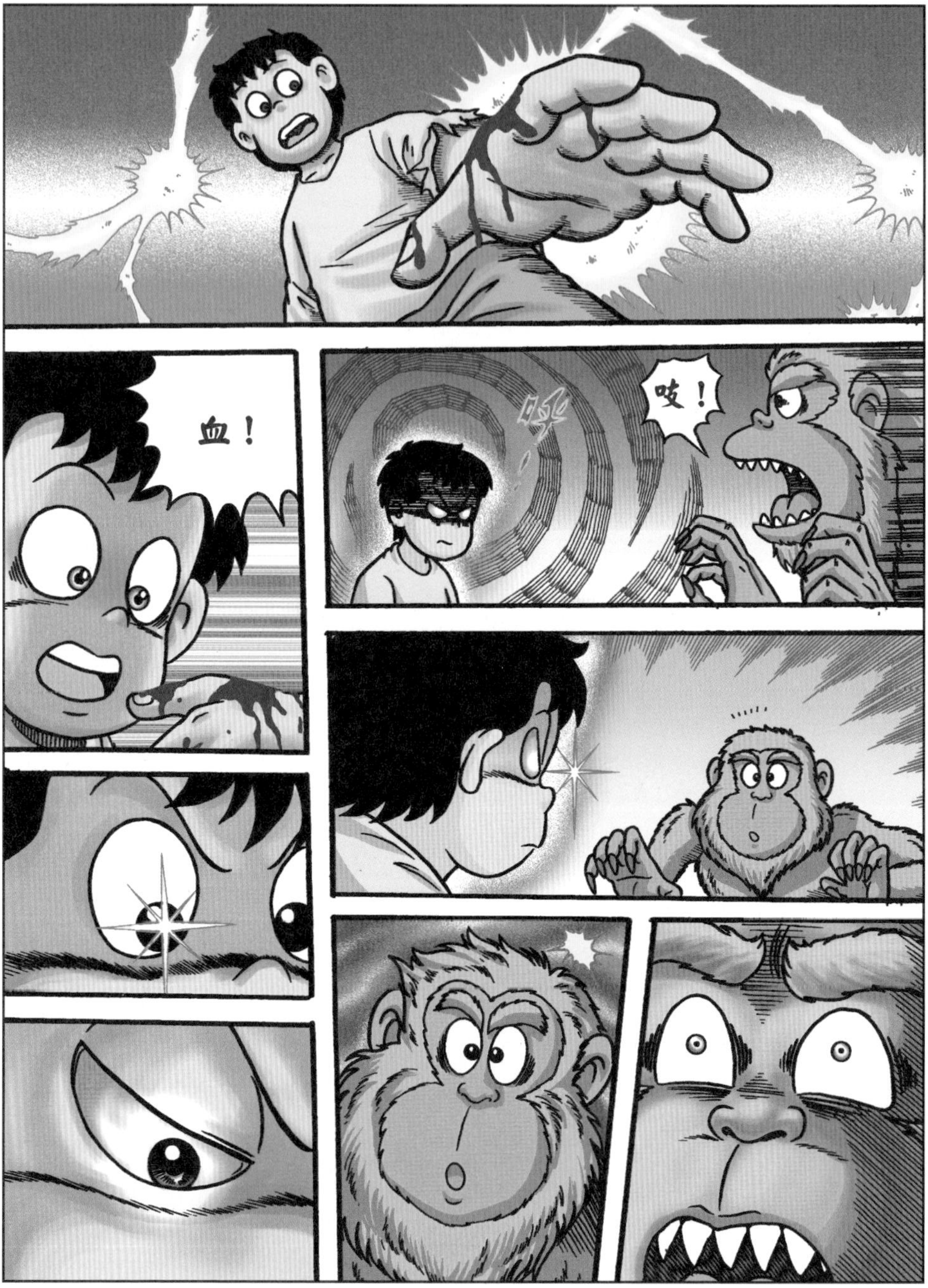
血！
吱！

吱吱吱！

吱吱吱！

啪啪
啪啪
裂
咔
咔

啪
師弟，怎麼又變成這怪樣子啦？
哎哆
師弟，快停下來！

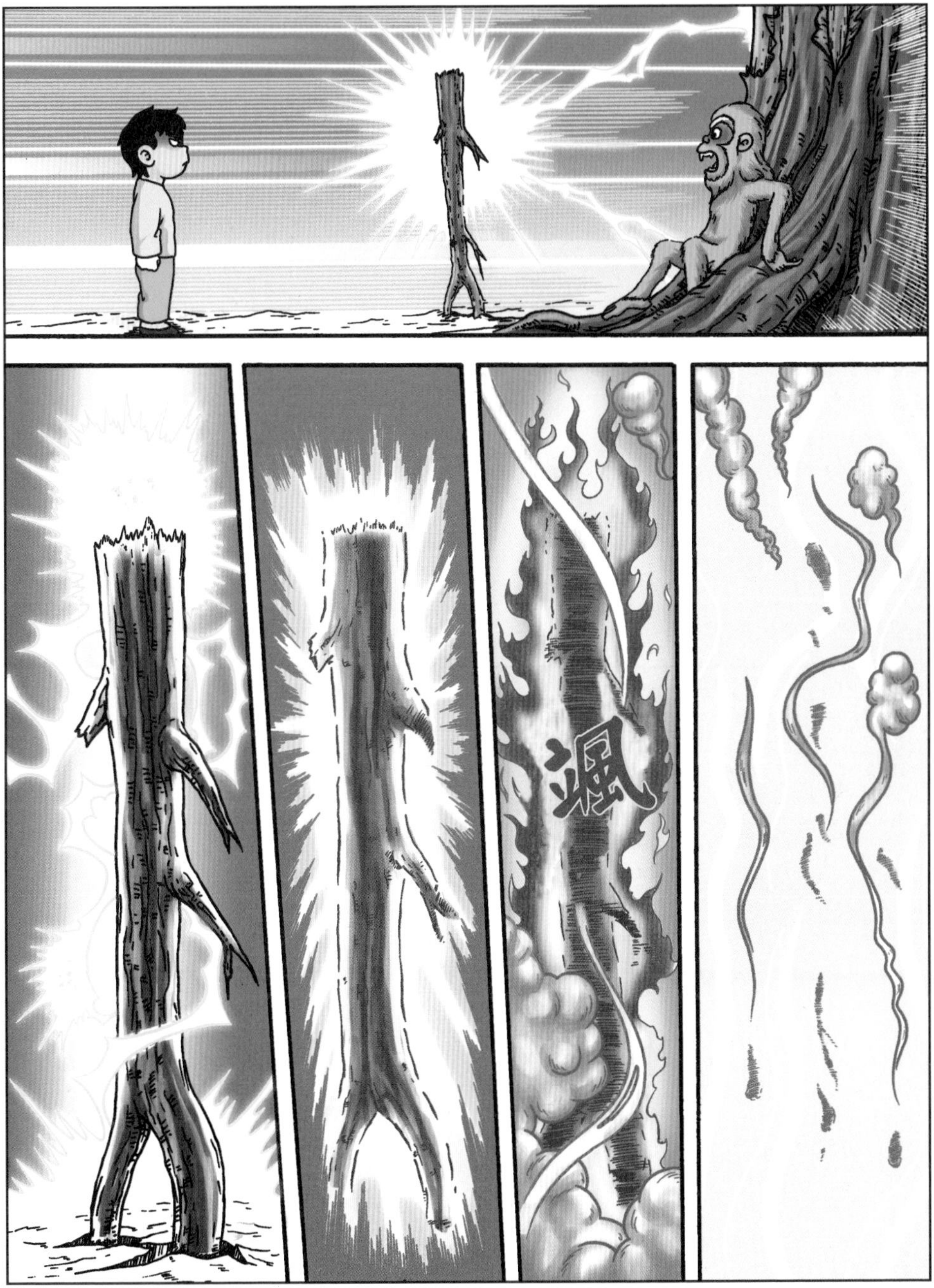
渢

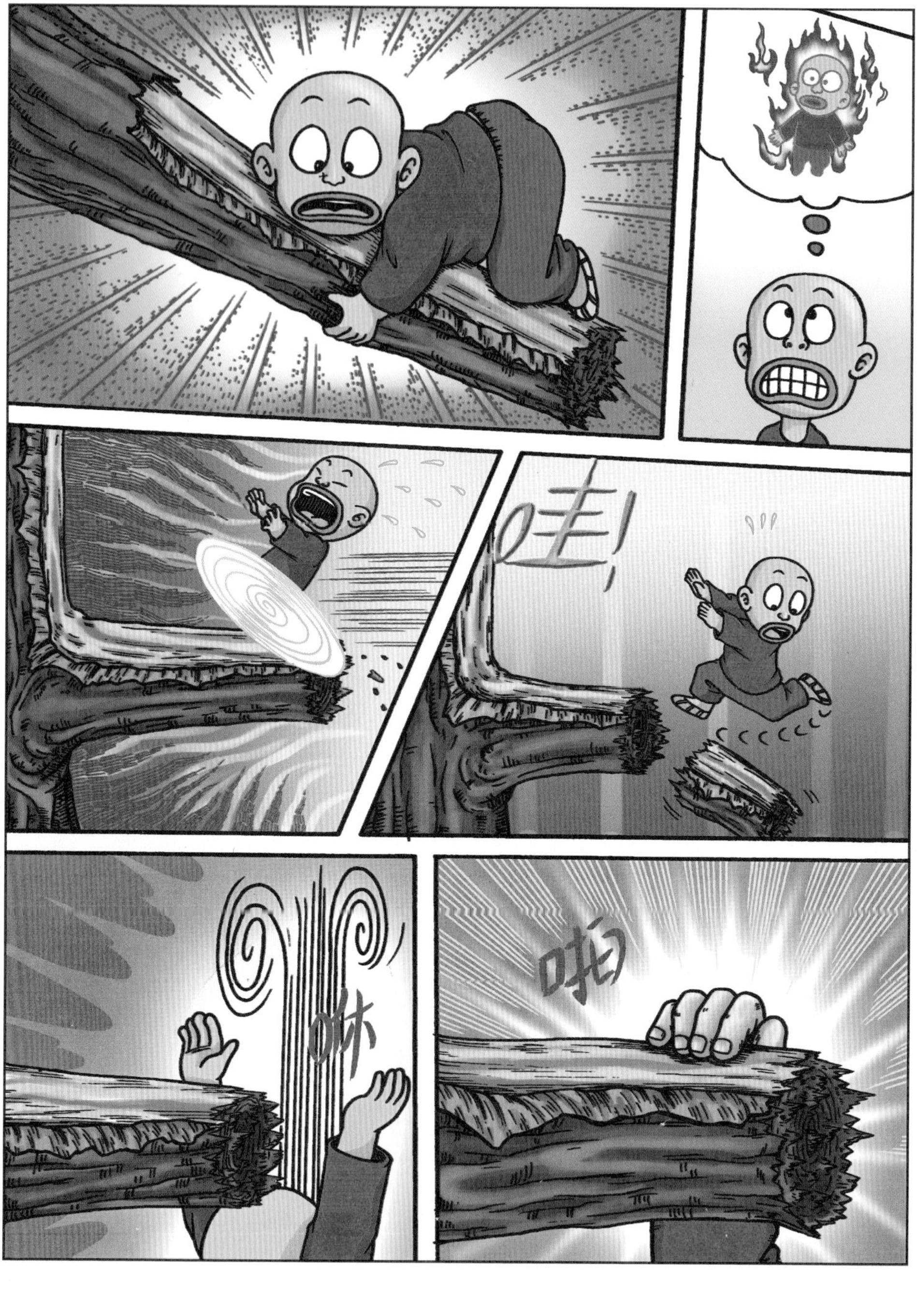
哇！
咻
啪

啪!
哎!
咻!
砰!

唔！
好痛！
咦！

哇！
快停止！
啊！
颯！

紅燒豬蹄！
謝謝！

你怎麼用火燒我呢？
!
吱吱吱

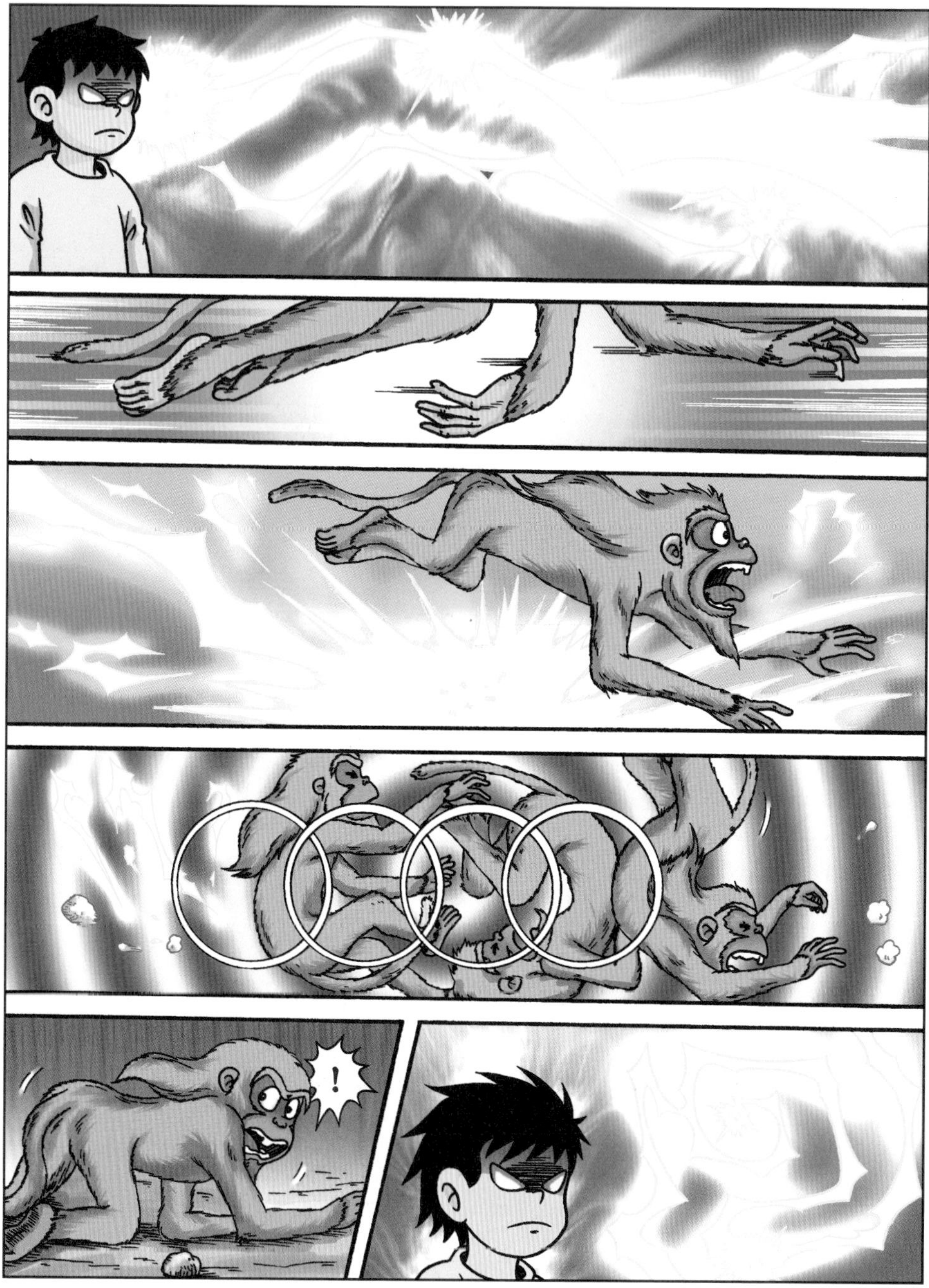

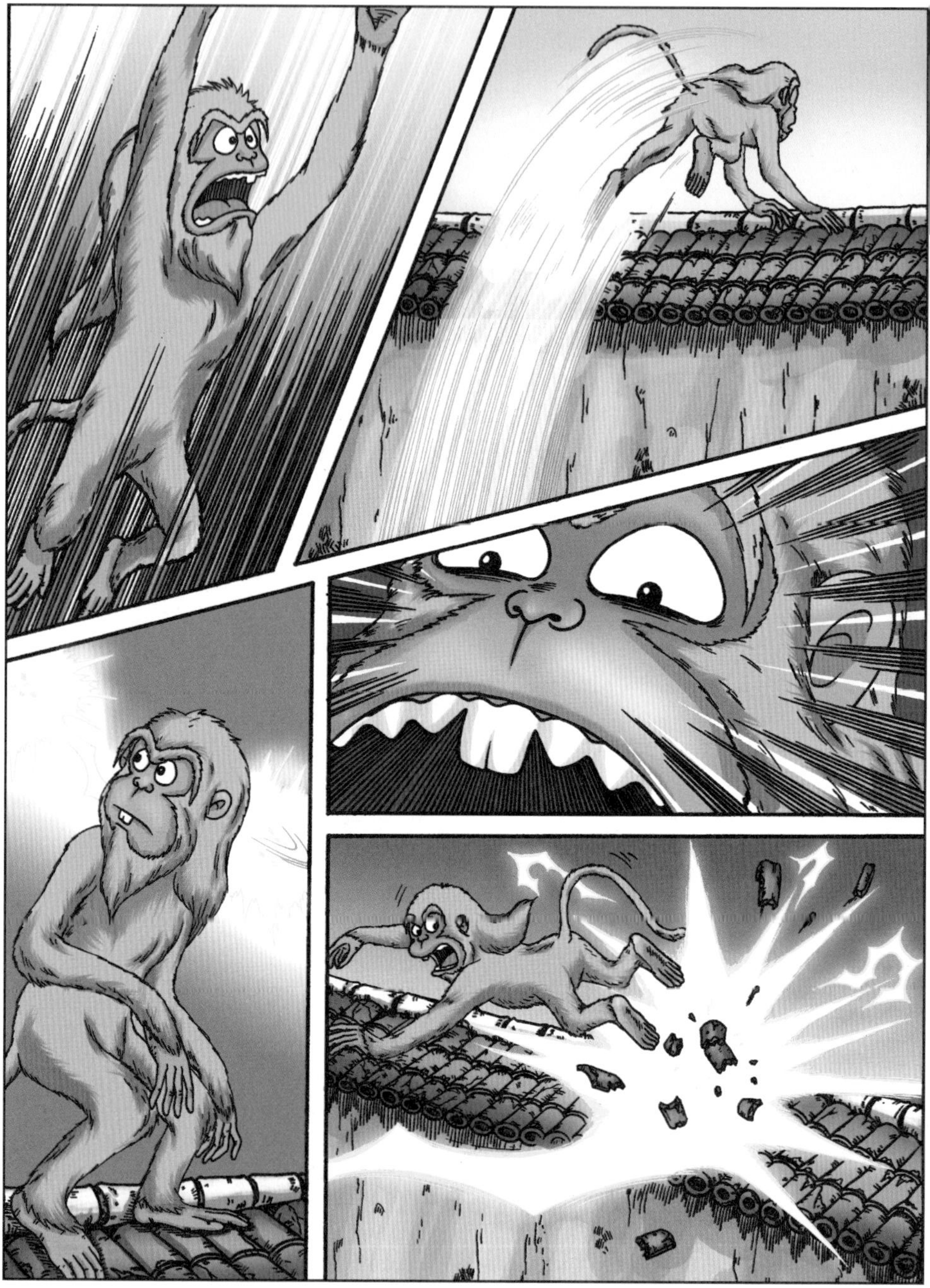

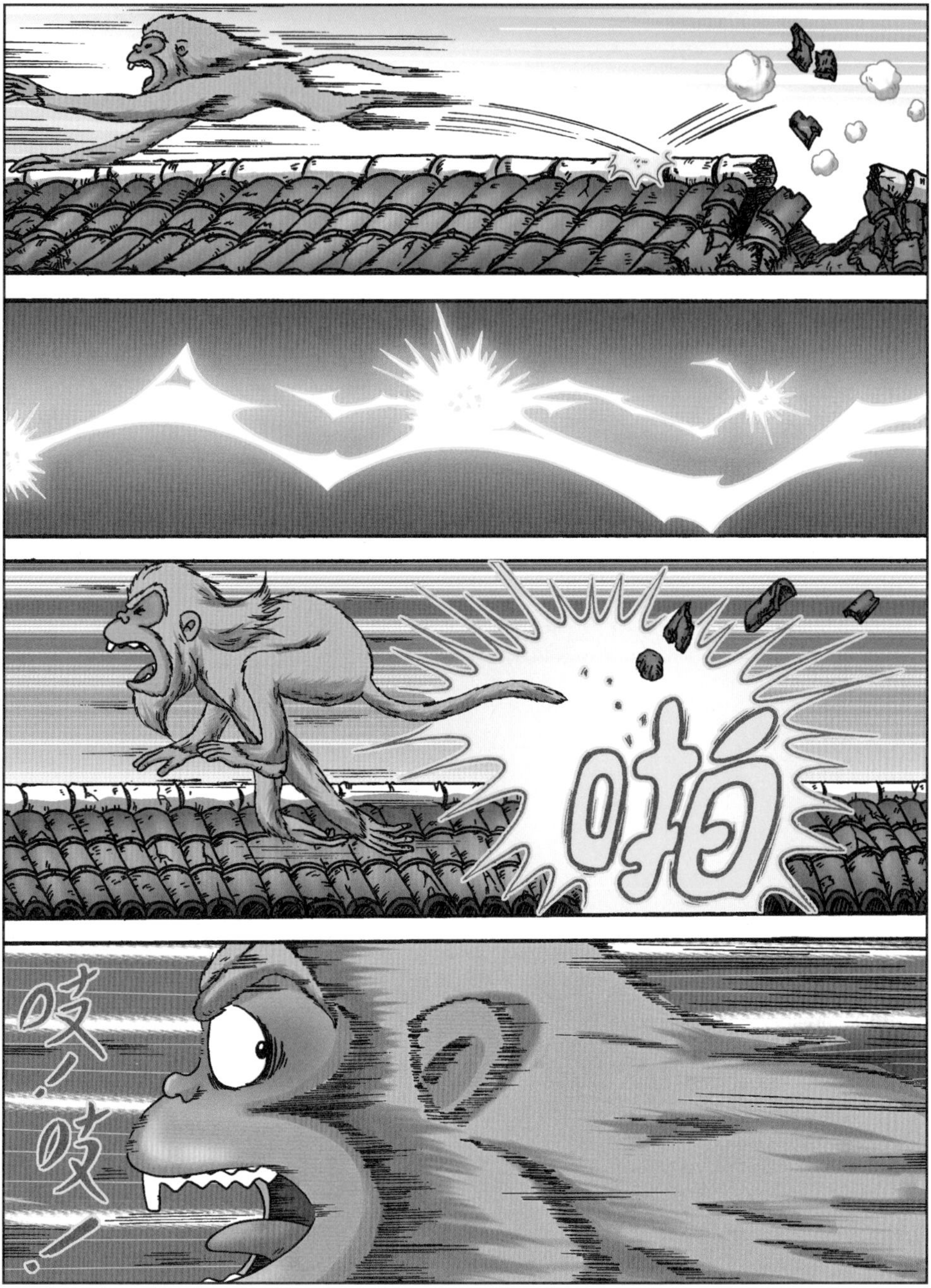
啪
吱！吱！

PA!
PA!
PA!

師弟，你要去哪裡啊？

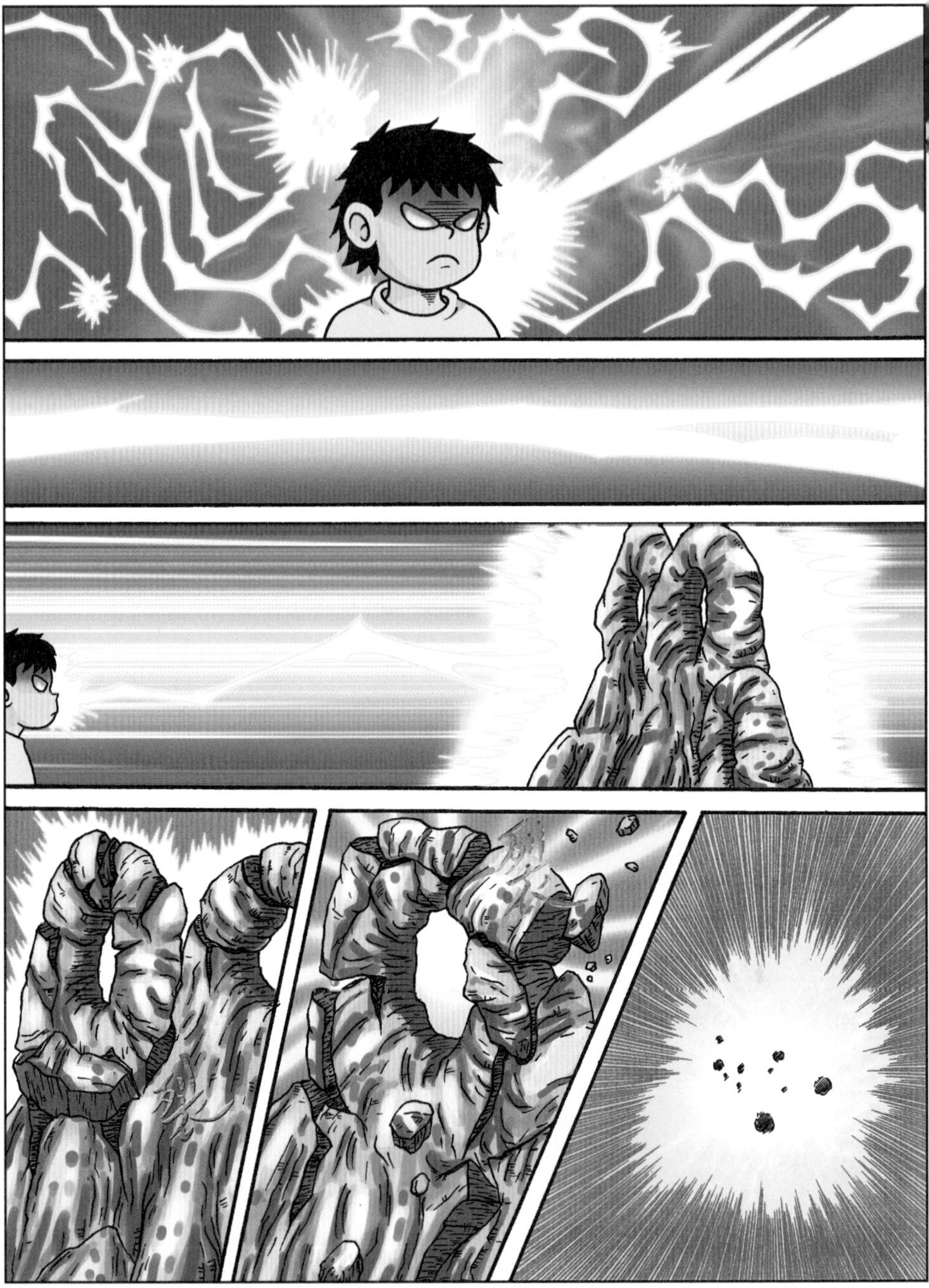

轟！
吱吱吱！

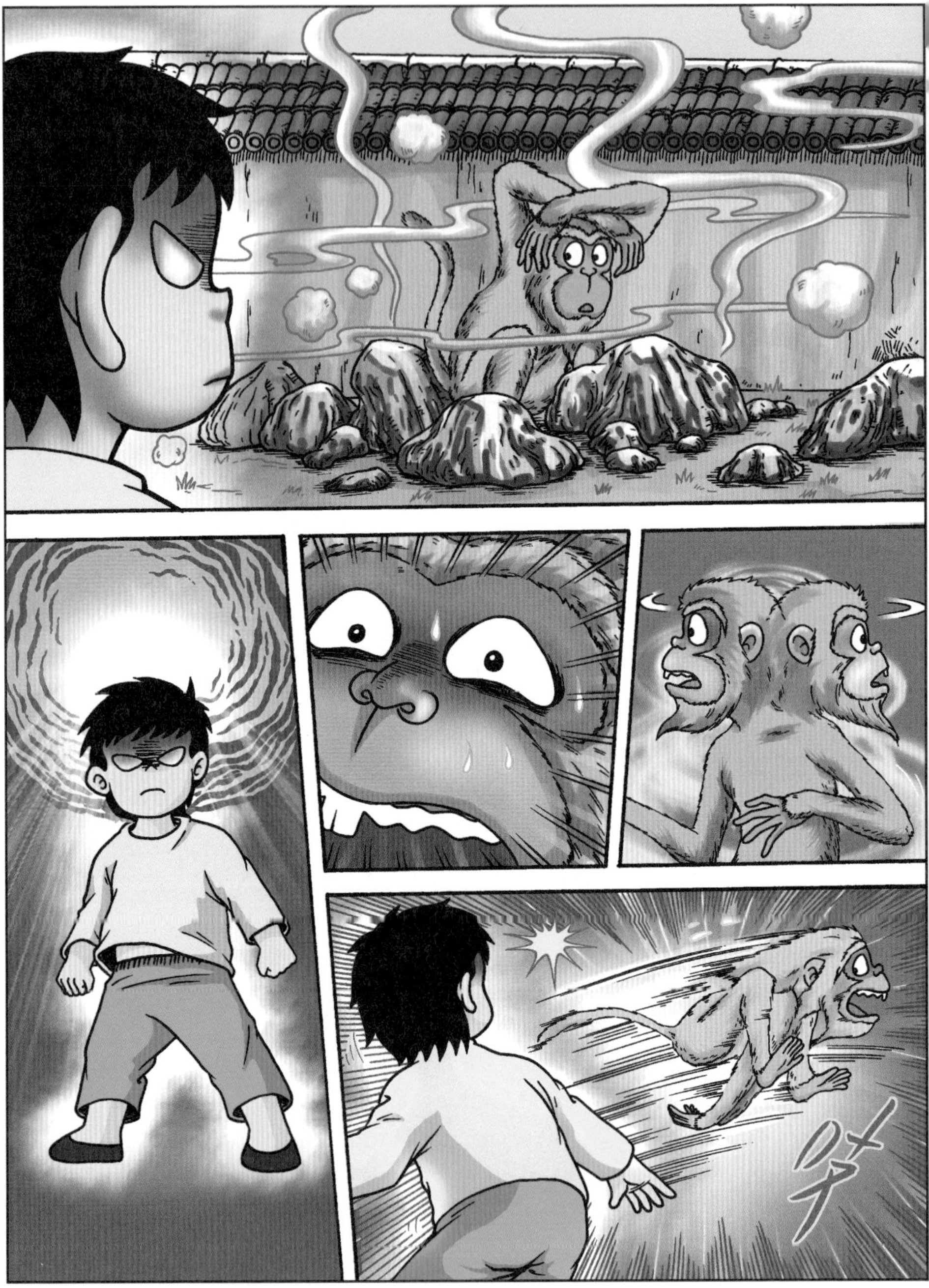

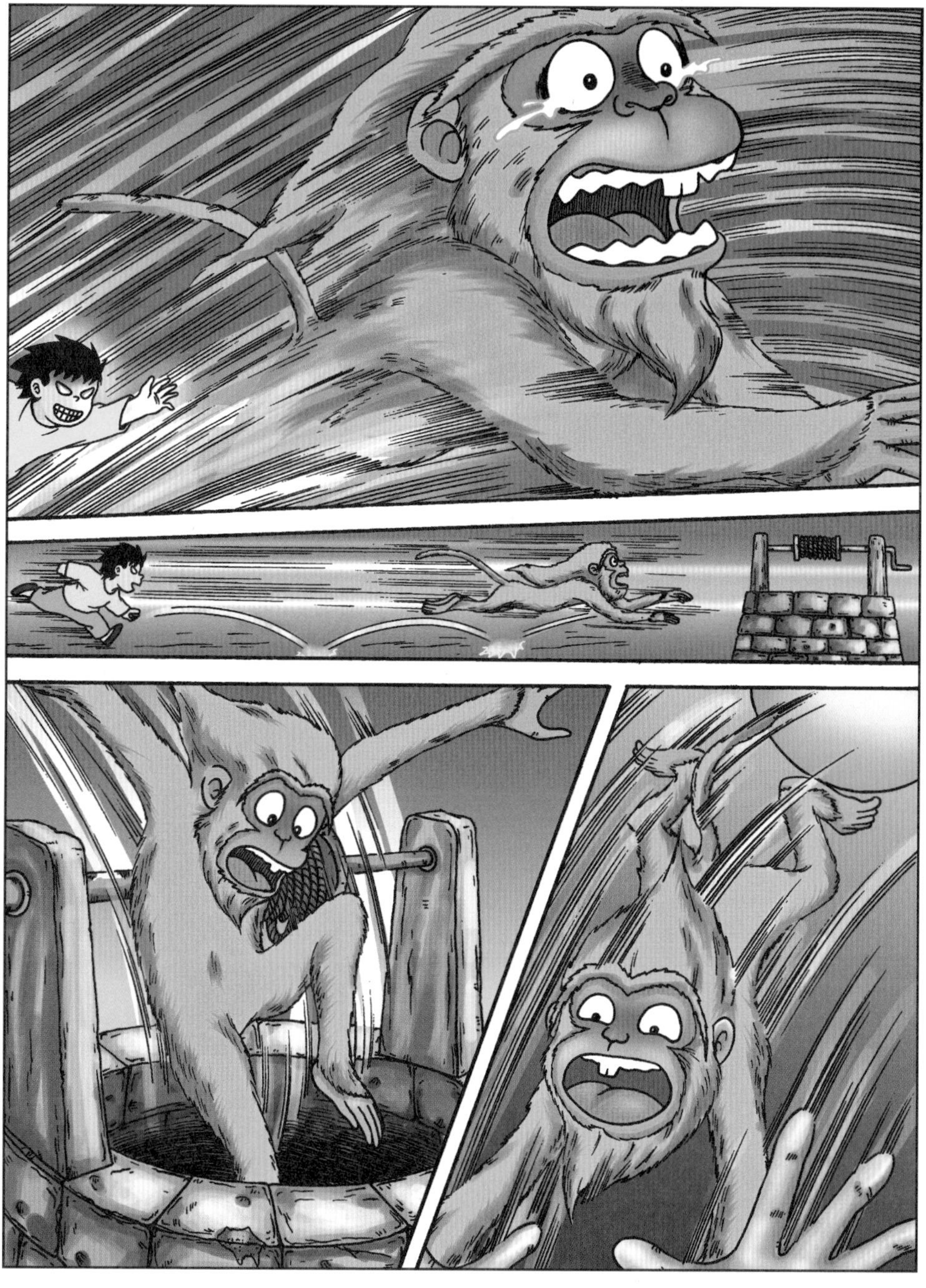

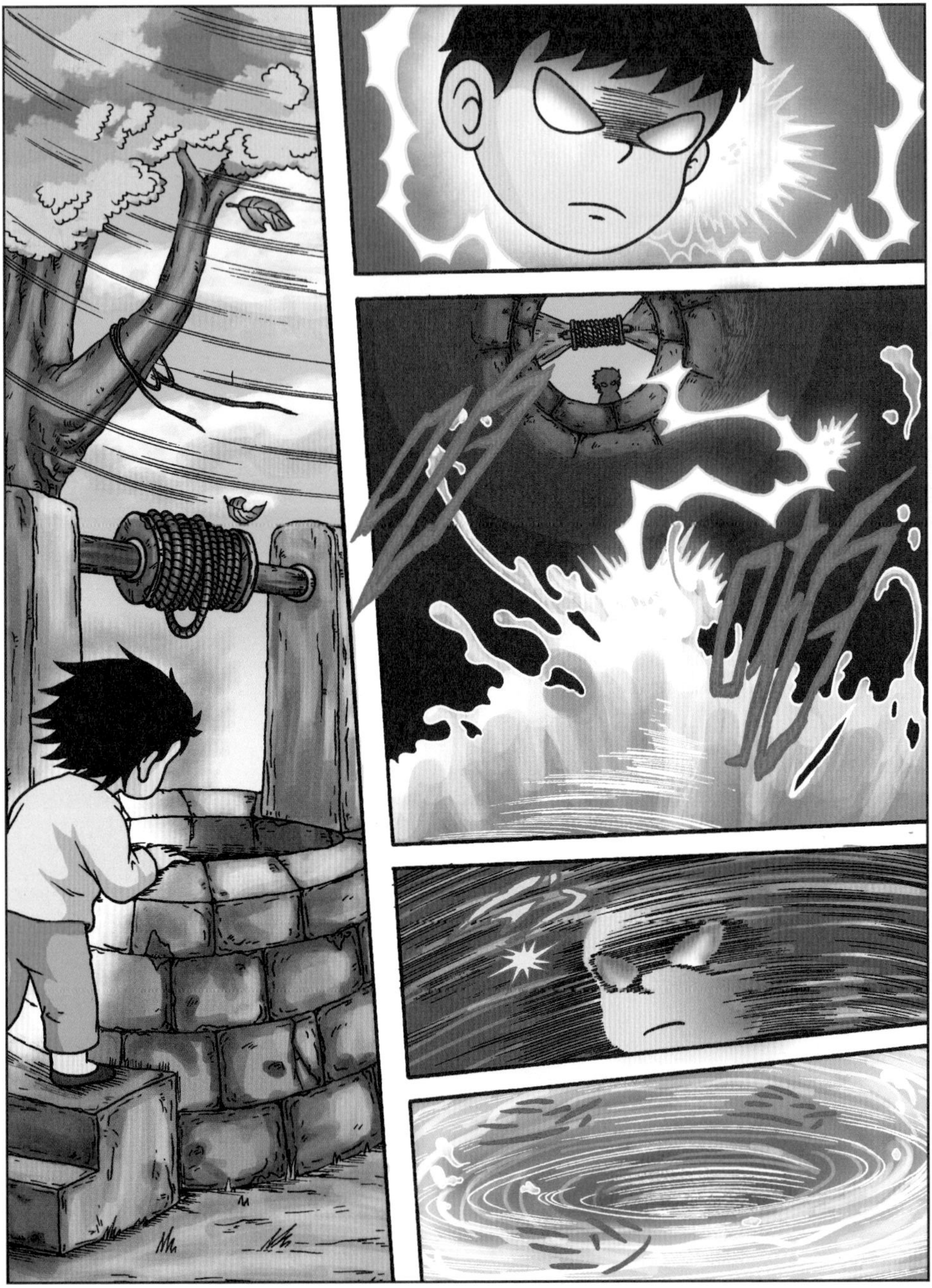

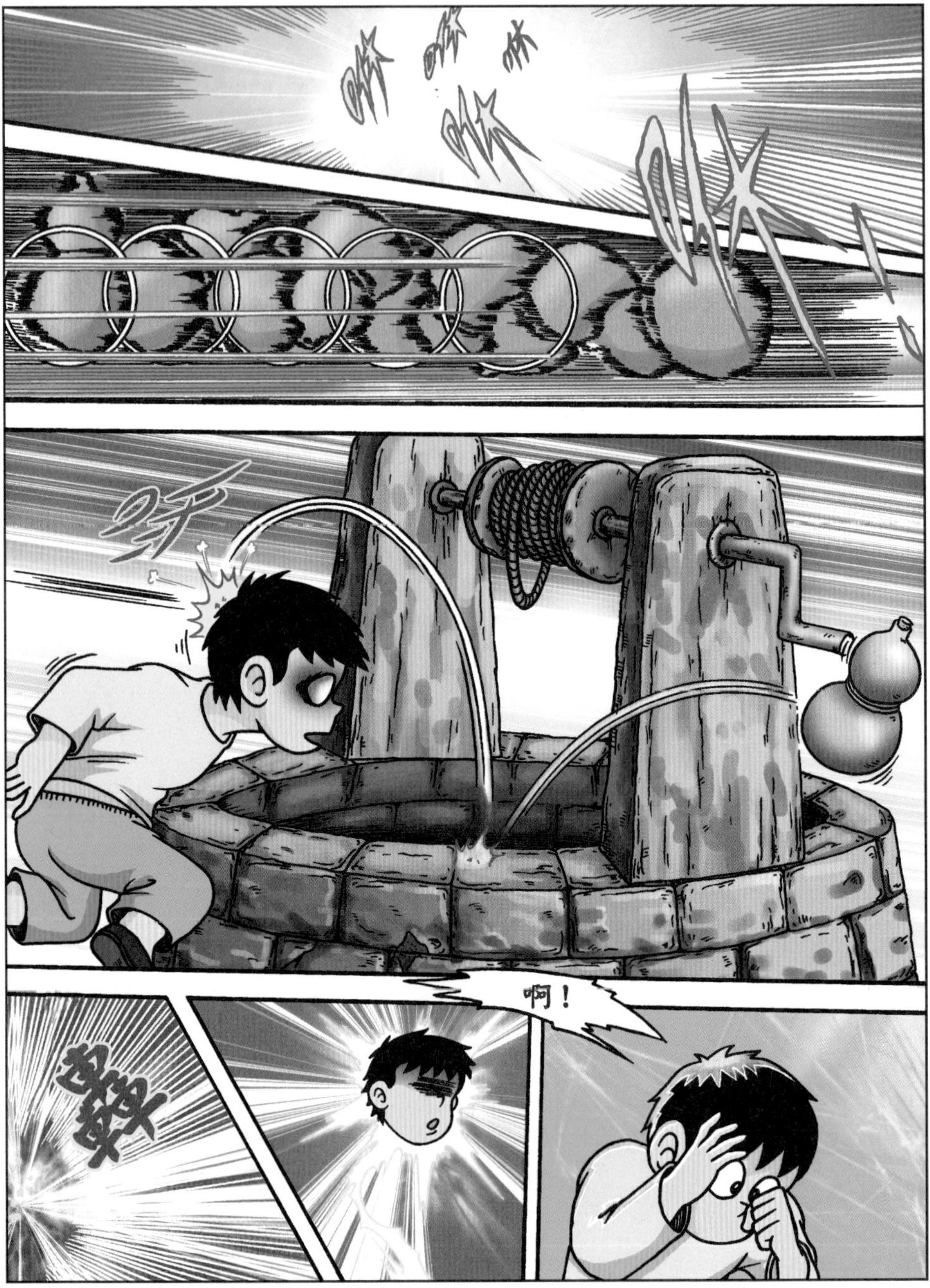
咻
咻
咻
咻
咻
啊！

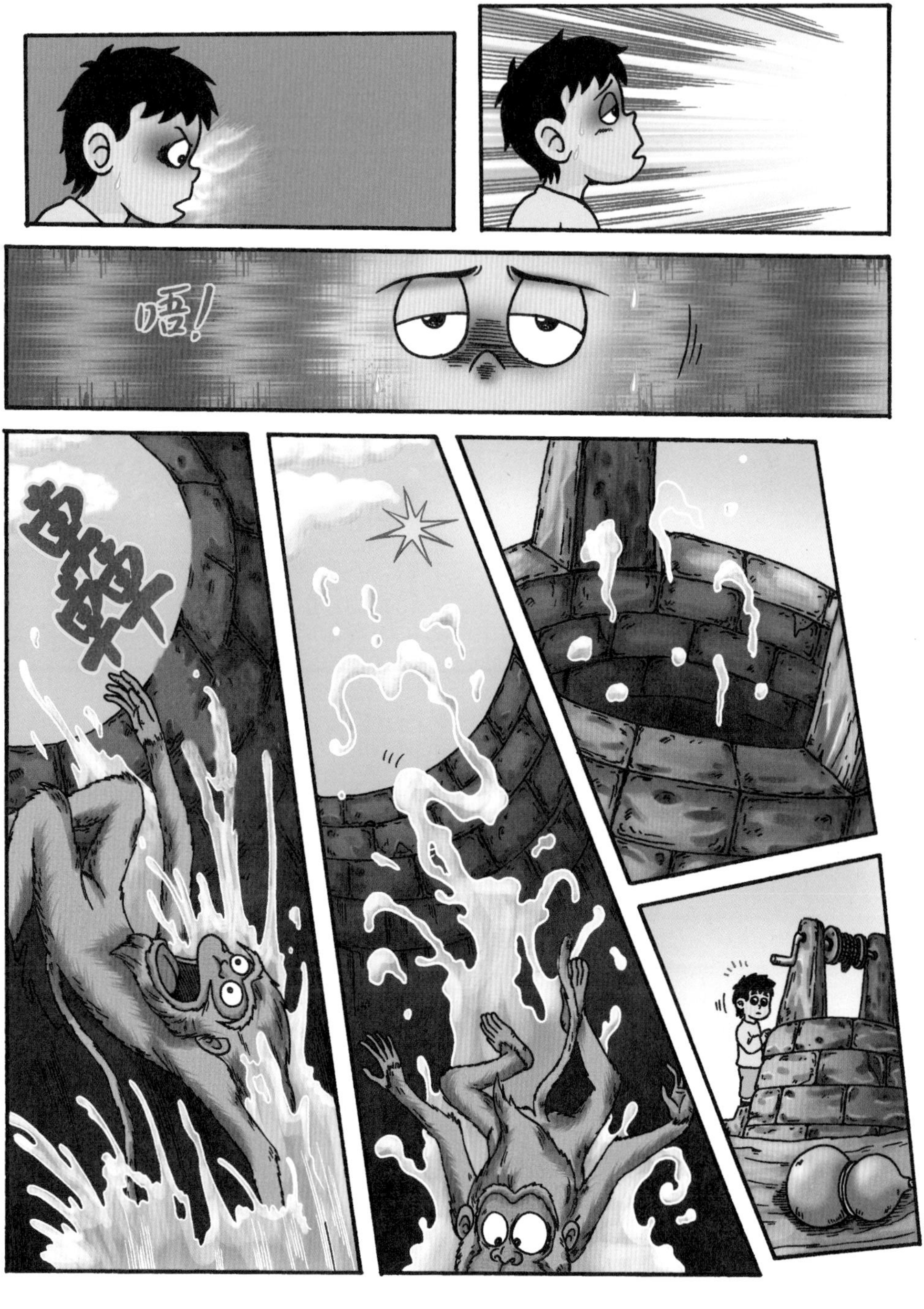
唔！

你們兩個小調皮，叫你們挑水……
怎麼又在那兒偷懶啦？
空福師叔，這座井裡有隻金色的潑猴！
我剛才……在幹什麼？
你瞧！
牠把我抓成這個樣子。
想不起來？
幸好師弟發揮神功，
把牠教訓了一頓，否則後果真不堪想像
什麼神功呀？
怎麼啦？
你好像忘了剛才的事啦！
我……是我嗎？

哈哈哈！兩個天真的小毛頭，真會編故事！
你們剛才遇見的，正是本寺藏經閣所飼養的護閣靈猿。
連四、五個武林高手都很難對付得了牠，就憑你們也配說「教訓」二字？
喂喂喂！你又沒看到，怎麼知道呢？

大膽！真
沒禮貌！
怎麼可以稱師叔
叫「喂」呢？
呵呵呵！
還是小師
弟比較聽
話呀！
師……
師叔！
原諒你是初犯，罰你繞
著大樹青蛙跳二十圈！

二十圈就二十圈！
有什麼好神氣的！
第一圈……
第二圈……
哇！真快！第十圈了！
第十八圈囉！
第十九圈囉！
唔！這小子真有點蠻力！

第二十圈！
哎喲喲！瞧瞧你
還真是個健康兒童呢！
那當然，大家都這麼說！
別說是二十圈，就算是兩百圈，也算不了什麼啦！
這種項目對我來說簡直小意思嘛！
在烏龍院，師兄常被師父罰從山下跳到山上，所以……

師弟，你怎
麼可以揭我
的底呢？
實在太不給
我面子啦！
誰叫你那麼
愛表現嘛！
好啦！
小圓頭！
既然你愛
表現，
師叔就給你一
次機會好了。
……

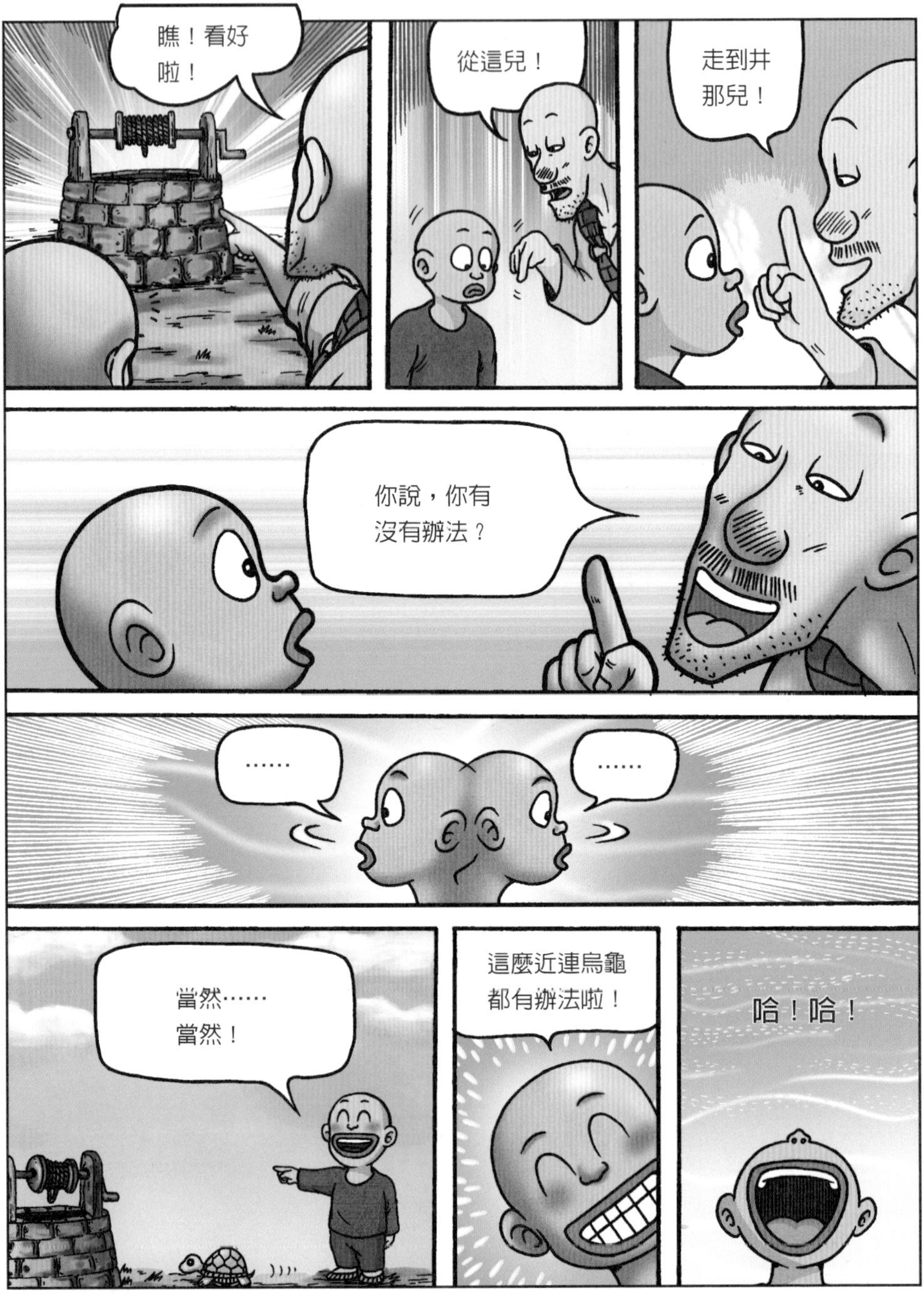
瞧！看好
啦！
從這兒！
走到井
那兒！
你說，你有
沒有辦法？
……
……
當然……
當然！
這麼近連烏龜
都有辦法啦！
哈！哈！

先別高興…
……
我還沒
講完題
目呢！
我是說……
從這裡走到
那裡，地上
不能有腳印！

不能有腳印？
這……
……
喂！喂！
師兄，記得要有禮貌，不能叫「喂」！
噢！對！烏龍院的人要有禮貌。
喂！師叔！您老人家是在開玩笑吧！

這我又不會飛，
走路當然會有腳印啦！
您瞧！一步一個，不多也不少！
剛才你不是說……
走這一段路，
連烏龜都沒問題嗎？

烏……
烏龜……
……
喂！喂！
師兄，你又忘了禮貌！
師叔，
如果我是小烏龜，那麼您豈不是老烏龜啦？

嘿
嘿
我看這樣好了！
誰若走到井邊留下腳印，
誰就是烏龜！
怎麼樣？小圓頭，你可願賭上一賭？
啊！罪過！罪過！出家人不沾賭字！

……
得了吧！師兄，
講話不要那麼老
氣橫秋啦！
師父常說我慧根
很高，將來會成
為大師的。
你到底賭
不賭呀？
咚咚叮叮
咚咚叮叮
師弟，
要不要和
他「貝
者」？
什麼是
「貝
者」？

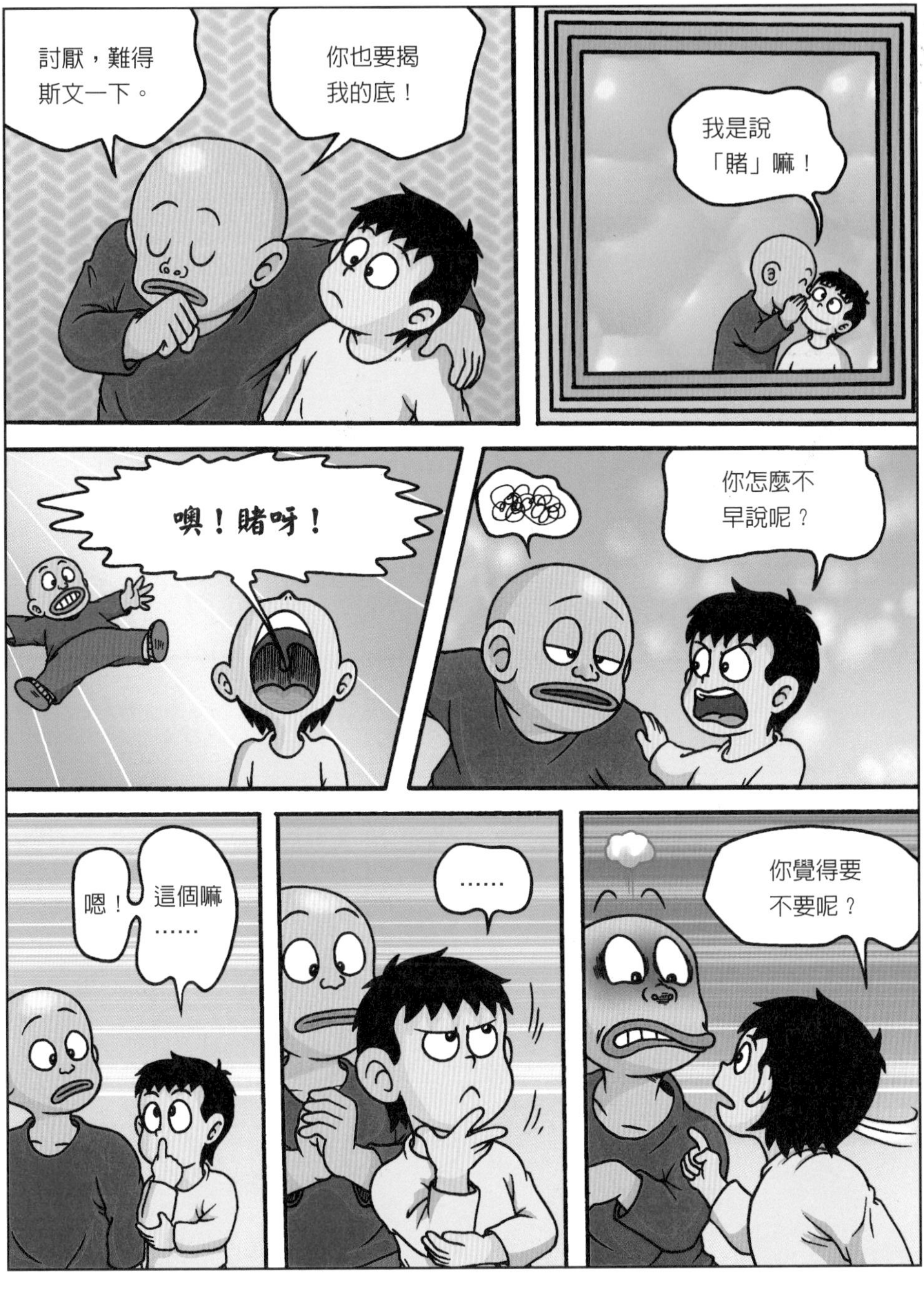
討厭，難得斯文一下。
你也要揭我的底！
我是說「賭」嘛！
噢！賭呀！
你怎麼不早說呢？
嗯！
這個嘛……
……
你覺得要不要呢？

廢話！我知道還問你呀？
呼
呼
呼
呼
那麼……
回烏龍院問師父好了！
得了吧！這麼做會被對方輕視的！
既然如此……
好！賭了！
好！賭了！

喂！
叫他先！
喂！
叫他先！
！
啊！不不不！
我是叫你先！
師叔，請！
嗯！你們看好啦！

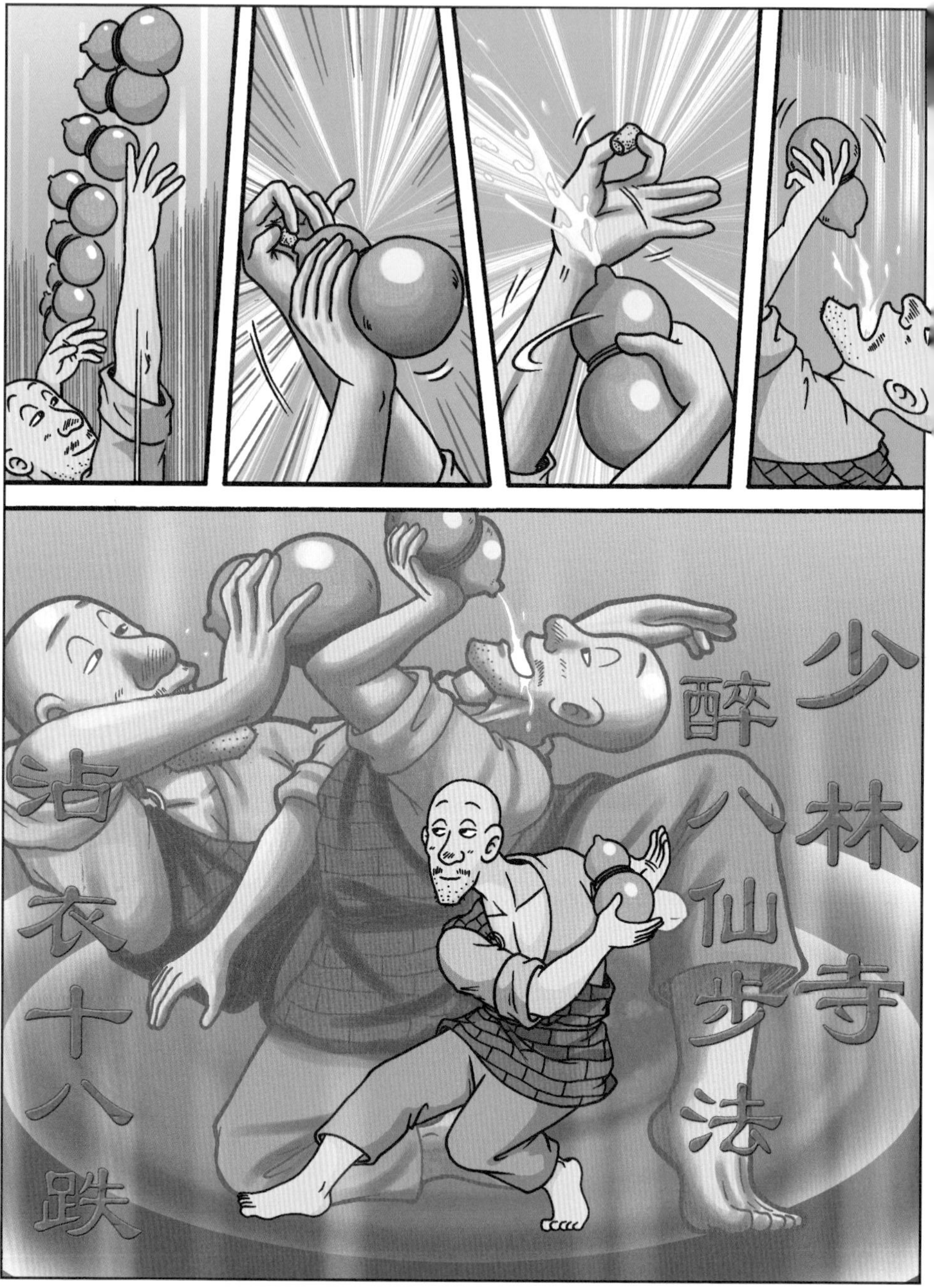
少林寺
醉八仙步法
沾衣十八跌

好啦！別發呆了，
你過來吧！
……
哇！真的沒
腳印呀！
好棒！
好棒！
咚
棒你
個頭！
現在該
我了，
怎麼辦？
那你就過
去呀！

哈哈哈…
笑話！你以為我功夫這麼好嗎？
要是我真能走過去不留腳印，
那我還來這裡學什麼功夫呀？
師兄！別抱怨了！
男子漢一言九鼎，
言出必行！
好吧！
只有硬上啦！

師叔，我來了，待會
兒看了別忘了拍手。
師弟，我
要走啦！
你去呀！
你不會說些祝你
一帆風順的話嗎？
安心上路！
再見！
哼！
……

出征的戰士，
孤獨地走在荒漠中
而且這烏龜我是當定了！
不可能贏的，我是輸定了。
當烏龜也沒什麼嘛！
烏龜就烏龜，
烏龜？
再苦的路我也得走完。
只要能維持我在師弟心目中的英勇形象，
哇！好感人呀！

小禿頭，
到終點啦！
啪啪
我通過了嗎？
怎麼！自己不會看嗎？
哇！沒有
腳印！
我通過啦！
師弟！
我通
過啦！

師兄，我在這裡呀！
……
小烏龜，你認輸了吧？
哇！看錯方向了？
你想學師叔這套……
過路無痕的功夫嗎？
好哇！

哪！這壺裡裝的是仙釀，
喝上一口讓你飄飄欲仙！
不！你騙人！
壺裡明明裝的是酒！
哎呀！美酒穿腸過，我佛心中留！

呸呸呸！
師父常說酒乃
穿腸毒藥，
方外之人不
沾葷腥，
而且師父也
常說……
唔！好香
喔…
心中有山就是
山，所以為了
求功夫，喝一
口也沒關係！
師父常說：
有就是無，
無就是有。

咕嚕！
咕嚕！
唔！
唔！
哇！你怎麼將整壺酒喝光光啦？
呃！沒什麼嘛！只不過有點辣辣的。

咿
嘟!
汪汪汪
嘻嘻嘻
哈哈哈

……
星覺禪師有
事召見？
還要帶他們
兩人去？

真糟糕！弄巧成拙，把小禿子弄成這樣子，待會兒又要挨老禪師一頓臭罵了！
師兄！
呃
快讓他吃點解酒藥！
都是你！
呃
哎呀！愈吃愈糟，發酒瘋了！

待會兒見了
星覺禪師，
可別說是我
讓他喝的！
哼！
呃！
唉！還
在醉！
不管了，
進去再做
打算！
呃！

嗝！
進來！
禪師找我有事？
啊！
呃！

啊！這是……
吱吱吱吱！

師兄，你看不是那隻猴子嗎？
唔！
嘎吱！

吱吱吱!
是空福他們呀！你怕什麼？
哮吱!
嗚

咦？
……
咦？這潑猴被嚇成
這副樣子，難道是
這娃兒弄的？
不可能的，憑這
孩子的身手，哪
裡傷得了這護閣
靈猿？

禪師召見，不知有何吩咐？
沒你的事，快叫那兩個娃兒到前面來！
喂！別愣在那兒，還不快上前請安！
假惺惺！

拜見師叔公！

這是怎麼
回事？
……
師兄，那猴
子好像很怕
你呢！
那當然啦！剛才在萬丈泉，
牠可是被我整慘了，難怪牠
看到我會怕囉！嘻嘻嘻！

說的也是，什麼護閣靈猿嘛？還是師兄比較厲害！
可是……師兄既然那麼厲害，為什不連空福師叔一起教訓呢？
嘻！
空福！
弟子在！

這猴子是怎麼回事？
師父，這……
師叔公，這我最清楚啦！
！

啊！慢著、慢著，我來說，我來說好了！
？
哎呀！別這樣嘛！讓人家表現一下嘛！
啊！不……不……
師叔公，他不讓我說！

師叔，你怎麼毛手毛腳的？
拜託你別嚷嚷！
……
待會買糖給你吃。
再不放手，我……
可要叫了！
師叔公！
師……
唔……

唔……
空福！怎麼啦？
讓他過來呀！
這……
好吧！
哇！
吸！
呼！
呼！
呼！
呼！

去吧！可別亂說話哦！
哼！大欺小，老得早！
哎呀！真糟糕！剛才好像喝太多了！

呵！師叔公，你不知道啊！剛才在萬丈泉邊，我……我……
慘了！這小子全抖出來了！
我有一隻小毛驢，我從來都不騎，有一天我…
嗯？怎麼好像喝醉了？
一定又是空福你幹的好事！

嘻嘻嘻！弟子知罪，下次不敢！
哇！好大的一只老母雞！
快抓回烏龍院，去孝敬師父！
喂！別跑！

咦！老母雞呢？
跑那兒去了？
啊！
這小子說他會功夫，
趁這個機會試試他！

師兄，小心啊
牠在上面！

撕!

啪

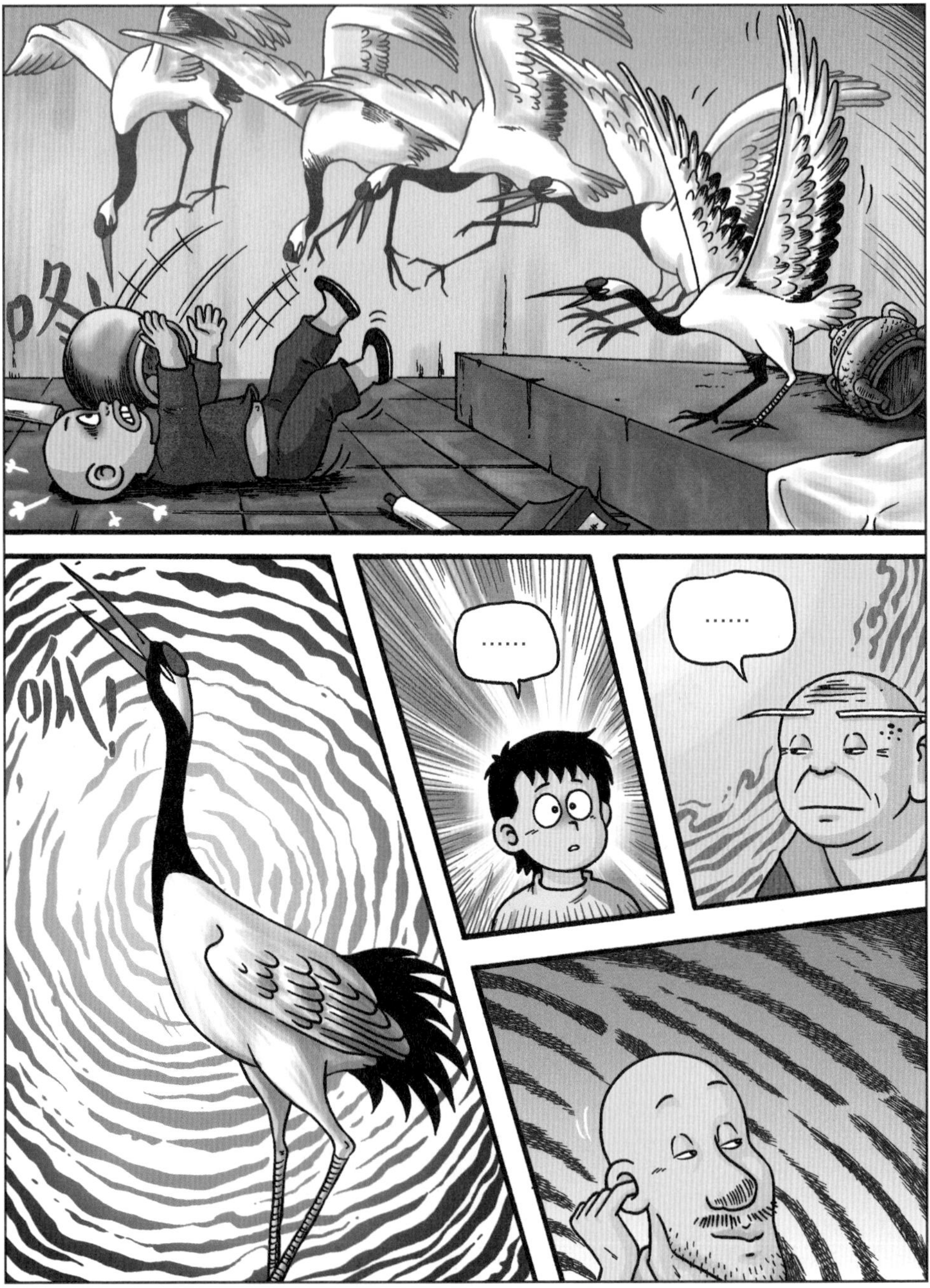
咚!
叭!
……
……

哎喲！
師兄，你還好吧？
大的沒功夫，問題就在小的身上了！
我得查個清楚！

啪

啊！這小子似乎不會半點武功！
空福，住手！

呼！好險！幸好及時收回掌勢，否則這一掌下去，那還得了！
唔……
不過摔這一下，也夠他受的了！
空福！
師父！

倘若你失手，有何差錯的話……
你下此重手，想測他的能力，卻沒有考慮到你的一身武藝已達爐火純青之境，
莫說凡夫俗子，即使武林高手也不是你的對手；
況且你為人師表，如此對待後進，實在太不應該了！

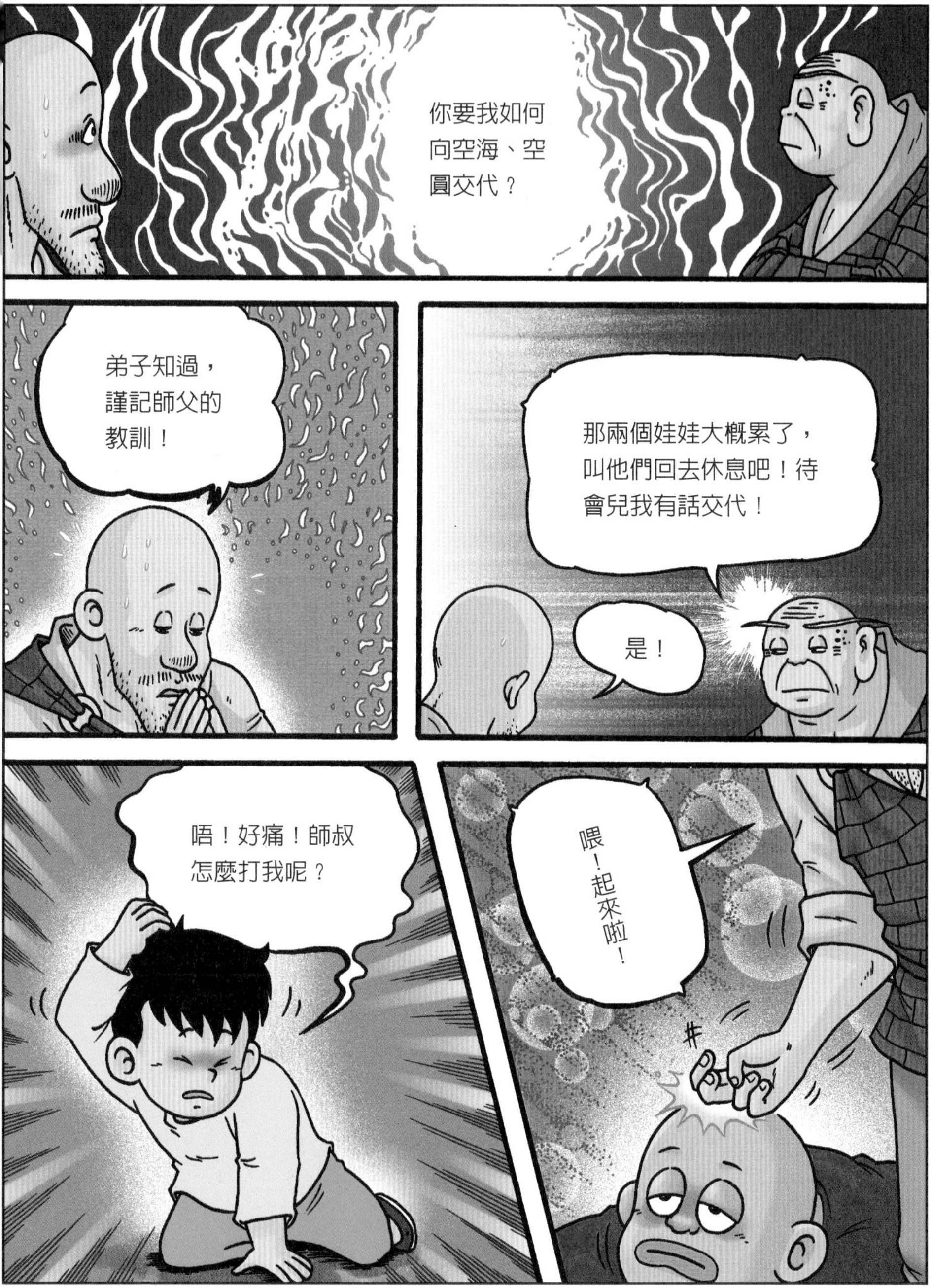
你要我如何
向空海、空
圓交代？
弟子知過，
謹記師父的
教訓！
那兩個娃娃大概累了，
叫他們回去休息吧！待
會兒我有話交代！
是！
唔！好痛！師叔
怎麼打我呢？
喂！起來啦！
#

唔？
對不起，剛才是師叔不小心，摔疼了嗎？
哼！
好啦！你們可以回去啦！
哼！白挨了一頓打，真倒楣！
嘻嘻！路上要小心喲！

真難為你們
兩個了。
空福！
依你看這
事情……

師父！我看此事沒那麼簡單。
莫非這小師弟，真有一身高深莫測的功夫？
照剛才情形看來，似乎不可能。可是這藏經閣中……
除了你我之外，就只有他們兄弟倆，如果這靈猿不是他們所傷，
那又是何人所為？我實在很懷疑！

會不會是烏龍院的空海、空圓傳授了他們什麼旁邊左道的功夫？
空福，日後你得多留意，不要讓他們步入魔道，危害蒼生！
是！以後我會多加留意！

剛才神經師叔
為何打我們？
我怎麼
知道？

反正我們倆出氣筒是當定啦！

這不是剛才那隻會打人的老母雞嗎？
對呀！
師兄，咱們去把牠的毛拔了！
哈哈！逮到報仇的機會啦！
看你往哪裡跑？

呀！
喝！
啪
颯

嘿！老母雞還真有兩下子！
好像還會功夫呢！
我偏不信邪！

哇!!
嘿!想啄我的眼睛?
……
?

啪
好厲害！
嘖！沒用！
我來啦！

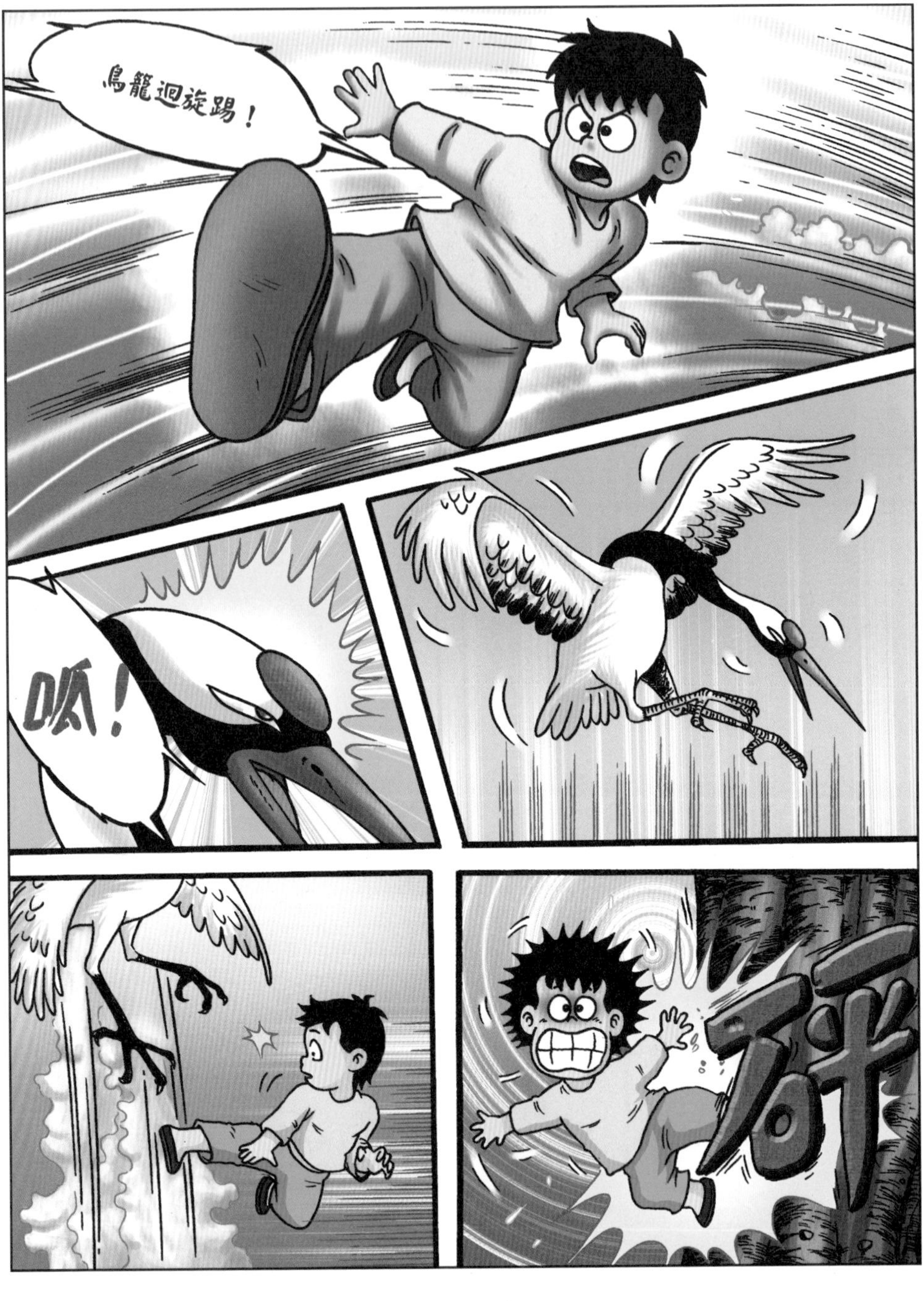
烏龍迴旋踢！
呱！
砰

哇！
哇！
我的腳好痛啊！
可惡！
咦？

啪
咚
唉！師兄，你也躺下啦？
師弟，你也被解決啦？

……
就憑他們豬手豬腳的，想拔到衛塔神鶴的一根羽毛都有困難！可護閣靈猿又是誰人所傷呢？真令人費解呀！

翌日
藏經閣

哎呀！煩死了，
天天掃地。
這地又不髒，幹
嘛要天天掃？
得了吧！你以為是
來這兒享福的呀？
事情還多著呢！
早啊！兩位少爺，
大清早在這兒嚷嚷
什麼？
師叔公
早安，
師叔早
安！
嗯！

早，有沒有偷懶啊？
沒有！嘻嘻！絕對沒有！
我和你師叔有事要進少林一趟，你們兄弟倆好好看家，別亂跑，知道嗎？
知道了！
別太調皮喔！
是！師叔您請放心去吧！
藏經閣
師叔公再見！
師叔公再見！

師弟，你樂什麼？快掃地呀！
呀呼！好棒喔！
掃你個頭！大人不在家，快趁機去逛逛吧！
好啊！
師弟，我們到後面那間屋子去玩！
哪間屋子啊？
就是空福師叔平常不讓我們去的那一間嘛！

哇！好漂亮的房子喔！
對了！好像是這一間哦。

這裡頭一定很好玩！
要不然大人不會把它鎖起來！
嗯！
你看！那扇窗子好像沒關！

走吧！爬窗子進去！
師弟，小心點喔！
哇！

哇！好多書喔！像圖書館一樣！
咦？這是什麼？
哈哈！連環圖畫！
這裡還有很多！

咦？羞羞臉！
怎麼沒穿衣服？
穴道图
師兄，這裡有
樓梯，咱們上
去瞧瞧！

未完待續

時報漫畫叢書 FT840

烏龍院前傳 4

作　者—敖幼祥
主　編—林怡君
責任編輯—何曼瑄
美術設計—楊啓巽工作室 ycs7611@ms21.hinet.net
執行企劃—鄭偉銘
董事長
發行人—孫思照
總經理—莫昭平
總編輯—林馨琴
出版者—時報文化出版企業股份有限公司
台北市10803和平西路三段二四〇號三F
客服專線—（〇二）二三〇四—七一〇三
（如果您對本書品質有任何不滿意的地方，請打這支電話）
郵撥—一九三四四七二四 時報文化出版公司
信箱—台北郵政七九～九九信箱
時報悅讀網—www.readingtimes.com.tw
流行漫畫線部落格—www.wretch.cc/blog/ctgrapics3
電子郵件信箱—comics@readingtimes.com.tw
法律顧問—理律法律事務所 陳長文律師、李念祖律師
印　刷—華展印刷有限公司
初版一刷—二〇一〇年八月三十日
定　價—新台幣二八〇元

ISBN 978-957-13-5267-1
Printed in Taiwan